Für Tina und Kim!

Udo Fehring

Vom Wunsch, die Welt zu verändern

Heinrich Huber schlief lange an diesem Samstag im Juli. Er genoss es, am Wochenende auszuschlafen. Zwar musste er wochentags nicht allzu früh aufstehen, denn als Sachbearbeiter in einem Möbelhaus konnte er sich seine Zeit selbst einteilen. Und da er eh kein Frühaufsteher war, fing er selten vor neun Uhr an zu arbeiten.
Er konnte erkennen, dass die Sonne zwischen den Rollladenschlitzen hindurchschien. Was wollte man mehr? Heinrich lebte in einer geräumigen Mietwohnung am Rande von Hamburg und er lebte gerne dort.
Heinrich stieg zuerst unter die Dusche. Trotz des sommerlichen Wetters draußen tat es gut, den warmen Schauer

der Dusche den Rücken entlanglaufen zu spüren.

Heinrich schlüpfte anschließend in seinen dunkelblauen flauschigen Bademantel und nahm die Zeitung aus dem Briefkasten und die Brötchen vor der Haustür. Es hatte sich eingebürgert, dass sein Nachbar, Hr. Kleiber, der immer zeitig aufstand, für Heinrich frische Brötchen vom Bäcker mitbrachte.

Er hatte keine Termine an diesem Samstag, daher konnte er in aller Ruhe frühstücken und das Neueste aus der Zeitung lesen. Heinrich zelebrierte das samstägliche Frühstück immer. Frisch gepresster Orangensaft, einen Latte Macchiato, ein gekochtes Ei, und frische Brötchen mit hausgemachter Marmelade von Frau Kleiber.

Dann ging er, wie jeden Samstag, auf dem Wochenmarkt einkaufen. Der Marktplatz war nur zwei Häuserblocks entfernt. Noch ein Blick ins Portemonnaie: Ebbe!

Also noch eben zur Volksbank um die Ecke. 200 € sollten erst mal reichen. Nachdem der Automat das Geld ausspuckte, ging Heinrich zum Kontoauszugsdrucker. Ihm graute immer der

Blick auf die ganze Reihe von Abbuchungen. Vier Blätter, das verhieß nichts Gutes. Er nahm das letzte Blatt zuerst und schaute auf den Saldo: Sein Herz setzte kurzzeitig aus. Heinrich rieb sich die Augen, das konnte nicht wahr sein, dort stand eine Zahl, wie er sie in dieser Größenordnung noch nie auf seinem Kontoauszug gesehen hatte: 1.001.236,78 €.
Heinrich schaute die Umsätze auf den anderen Blättern durch. Und stieß auf eine Haben-Buchung der Volksbank über den Betrag von 1.000.000 €. Als Belegtextstand dort nur lapidar: Gutschrift aus Kapitalanlage. Heinrich konnte sich keinen Reim drauf machen. Er hatte ein paar kleinere Sparbriefe bei der Volksbank abgeschlossen, aber nichts, was annähernd an diesen Betrag ran reichte.
Er rang nach Luft und fühlte, wie seine Beine langsam nachgaben. Mit Mühe erreichte er eine Sitzgruppe vor der Bank. Dann sah er noch einmal auf den Kontoauszug. Er kniff sich in den Arm, bis ein stechender Schmerz sich bemerkbar machte. Es war kein Traum, das stand fest.

Aber wie war das möglich? Heinrich sich an irgendwelche Gewinnspiele zu erinnern, die evtl. seine Bank veranstaltete. Ab und an nahm er bei solchen Gelegenheiten an Spielen teil, aber die Gewinne waren eigentlich immer kleineren Wertes. Seine Bank hatte bestimmt kein Budget, um Gewinnspiele zu starten mit der Gewinnchance auf 1.000.000 €.
Was blieb sonst noch? Woher oder weswegen hatte die Bank diese Summe überwiesen. Der Bankschalter war leider samstags nicht geöffnet und es gab auch keine Servicenummer, die er hätte anrufen können. Also konnte ihm frühestens Montag jemand sagen, was es mit dieser Überweisung auf sich hatte.
Heinrich stand auf, aber immer noch drehte sich alles um ihn. Dieses Gefühl kannte er sonst nur nach wilden Partys, auf denen er Mengen an Alkohol zu sich genommen hatte. Da das nicht sehr oft vorkam, haute es ihn immer ziemlich um und es war vorprogrammiert, dass der nächste "im Eimer" war.
Heinrich zwang sich, sich auf das zu konzentrieren, weshalb er hier war,

also den Marktbesuch. Nachdem er seine Einkäufe erledigt hatte und wieder zuhause ankam, brauchte er erst mal einen doppelten Espresso.

Eine Frage, die ihn umtrieb, war: Sollte er wirklich am Montagmorgen zur Bank gehen und den Bankbeamten nach dem Grund für diese Buchung fragen? Was wäre, wenn es sich wirklich herausstellte, dass es sich wirklich herausstellte, dass es sich nur um einen Irrtum handelt und die Bank die Buchung einfach wieder storniert.

Eine andere Stimme in ihm sagte: Warum solltest Du Dich melden, Heinrich? Du hast keinen Fehler gemacht, also sollte die Bank schon selber drauf kommen.

Wie er so dasaß, ertappte sich Heinrich dabei, wie er anfing, sich auszumalen, was er Schönes mit dem Batzen Geld machen könnte. Er hatte schon immer von einer Weltreise geträumt. Er könnte sich unbezahlten Urlaub nehmen und einige Monate zwanglos durch die Welt reisen.

Und er könnte seine Arbeitszeit verkürzen. Wäre das nicht ein tolles Gefühl? Er brauchte nie mehr Angst haben, sein Chef könnte ihn feuern. Und

wenn er gar keinen Spaß mehr an seiner Arbeit hätte, könnte er auch kündigen, ohne Angst haben zu müssen, "am Hungertuch zu nagen".
Heinrich spürte das Bedürfnis, mit jemandem über die Sache zu reden. Aber wem könnte er es erzählen, ohne dass sofort die ganze Stadt davon weiß. Heinrichs Eltern waren schon beide gestorben und er hatte nur noch einen Bruder, Wilfried, der in der Nähe von Dresden wohnte. Wilfried hatte 3 Kinder und war so am Wochenende immer ziemlich gefordert. Heinrich überlegte, ob Wilfried überhaupt Zeit hatte.
"Was soll's, ich probier es einfach", sagte Heinrich zu sich. Er wählte Wilfrieds Nummer und wartete auf das Freizeichen. Es klingelte drei-, vier Mal, bis am anderen Ende jemand abnahm. "Leitner", sagte eine Frauenstimme, die zu Wilfrieds Frau Gisela gehörte. Nachdem Heinrich sich auch gemeldet hatte, sagte Gisela: "Heinrich, was für eine Überraschung!" Er wusste dass Gisela gerne auf Smalltalk machte, aber darauf hatte er keine Lust, weshalb er direkt nach Wilfried verlangte. "Hallo Bruderherz!", er-

schallte eine wohlbekannte Stimme aus dem Hörer. "Was für eine Überraschung."
"Ganz meinerseits", entgegnete Heinrich. "Sitzt Du gut?" fragte Heinrich.
"Nein, tue ich eigentlich nie beim Telefonieren." sagte Wilfried.
"Dann mach jetzt mal eine Ausnahme von der Regel." empfahl ihm Heinrich.
Wilfried war das Ganze nicht geheuer und er fragte nach: "Heinrich, was ist passiert, ist jemand gestorben?"
"Nein", entgegnete Heinrich, "ganz kalt".
"Komm, spann mich nicht auf die Folter, sag schon", forderte ihn Wilfried auf.
"OK, ich war heute Morgen bei meiner Bank, um Geld abzuheben und mir Kontoauszüge zu holen. Als ich gerade meine Abbuchungen kontrollieren wollte, blieb fast mein Herz stehen, als ich den Saldo sah"
"Bist Du einem Abzocker auf dem Leim gegangen?" fragte Wilfried besorgt.
"Wieder kalt." Du errätst es ja eh nicht. "Also, ganz im Gegenteil, der Saldo betrug eine gute Million Euro.

Meine Bank hatte mir genau eine Mio. überwiesen. Ich verstehe es bis jetzt nicht, was da schiefgelaufen sein könnte. Wilfried, ich musste mit jemandem darüber reden, verstehst DU. Und meine Wahl fiel auf Dich."
"Jetzt muss ich mich doch setzen", entfuhr es Wilfried. "Und was hast Du jetzt vor?"
"Eine Antwort auf diese Frage habe ich gehofft, von Dir zu bekommen", sagte Heinrich.
"Ich habe ebenso wenig Erfahrung mit einer solchen Situation wie Du, Heinrich. Mein Kontostand bewegt sich meist an der Grenze zum Minus."
"Wilfried, soll ich zur Bank gehen und dort die Fehlbuchung melden?"
"Hmmm, mach jetzt nichts Voreiliges. Schlaf vielleicht erst mal eine Nacht drüber. Du solltest nun nicht panisch reagieren", empfahl Wilfried.
Heinrich bedankte sich für den Rat und legte auf. "Toller Rat", sagte er vor sich hin. Heinrich fasste den Beschluss, dass es keinen Sinn machte, weitere Leute zu kontaktieren und sie um Rat zu fragen. Natürlich hatte keiner Erfahrung mit solch einer Sache,

was hatte er auch erwartet. So etwas passierte alle Jubeljahre mal.
In der kommenden Nacht machte Heinrich kein Auge zu. Zuviel ging in seinem Kopf rum. Wirres Zeug, welches sein Bewusstsein torpedierte.
Als die Sonne langsam durch die Rollladen schien, fiel Heinrich dann doch in den Schlaf und als er wieder auf dem Wecker blickte, sah er, dass er den Vormittag komplett verschlafen hatte.
Das Wetter hatte umgeschlagen und es goss in Strömen. Heinrich richtete sich auf einen Tag auf der Couch ein.
Es war später Nachmittag und Heinrich zappte so durch die Fernsehprogramme. Plötzlich landete er bei der Serie "Die Welt der Superreichen". Er schaute diese Sendung des Öfteren. Diese Welt, wie sie in der Sendung dargestellt wurde, wirkte einerseits nicht echt auf ihn, ein bisschen wie im Märchen, andererseits schien das Leben der Superreichen so verdammt einfach und, was er sehr befremdlich fand, es schien immer die Sonne.
Die ersten Tage der neuen Woche vergingen sehr langsam. Heinrich hatte Probleme, sich auf die Arbeit zu

konzentrieren und driftete auf Arbeit sehr oft in Tagträumerei ab. Er blieb nur solange, wie es seine Kernarbeitszeit bestimmte.

Sein erstes Ziel auf dem Heimweg war immer seine Bankfiliale, in der er nun regelmäßig einen Kontoauszug ausdruckte. Der Saldo veränderte sich so gut wie nicht. Heinrich vermied es, Blickkontakt mit den Mitarbeitern aus der Filiale aufzunehmen. Er hatte Angst, man könnte ihm dieses Geheimnis seines Kontostands ansehen. Zuhause ging er auch nicht mehr ans Telefon, aus Angst, es könnte ein Bankangestellter sein. Wenn es etwas Wichtiges gebe, dann würde die Person schon etwas auf den Anrufbeantworter sprechen. Und wenn es wirklich jemand von der Bank wäre, so könnte er sich immer noch überlegen, zurückzurufen. Er könnte ja auch in Urlaub sein.

Als er am Donnerstag nach Hause kam, sah er, dass der Anrufbeantworter zwei Anrufe zeigte. Er drückte auf die Wiedergabe-Taste. Der erste Anruf kam von einer Gesellschaft, die im Auftrag eine Umfrage durchführen soll, Heinrich drückte sofort auf „Lö-

schen". Dann der zweite Anruf. „Volksbank Hamburg-Süd, Heiko Theissen hier". Heinrich stockte das Herz. „Sch…", dachte Heinrich, „die Freude hat ja nicht lange angehalten." Er hörte weiter zu, den Atem angehalten. „Herr Huber, wir wollten Sie darüber informieren, dass ein Sparvertrag von Ihnen im nächsten Monat fällig ist. Wir würden Sie gerne über Folgeanlageangebote informieren. Melden Sie sich einfach unter …."
„Puuuhhh", Heinrich ließ sich auf die Couch fallen. Seine Nerven waren bis zum Zerreißen angespannt gewesen. Wollte er sich das wirklich länger antun oder nicht einfach zur Bank gehen und alles aufklären? Oder gab es andere Alternativen? Vielleicht sollte er ein Konto bei einer anderen Bank aufmachen und das ganze Geld transferieren. Bringen würde das wohl nichts, da die Spur ohne Probleme zurückverfolgt werden könnte.
Er las in irgendwelchen Romanen immer davon, dass Leute mit „verdächtigem Geld" dieses gerne auf ein anonymes Konto der Cayman-Inseln transferierten. Er musste zugeben, dass er keine Ahnung von derartigen

Geldgeschäften hatte. Er hatte keine Ahnung, wie er an ein Konto auf den Cayman-Inseln kommen sollte. Er wählte sich im Internet an und googelte nach „Konto" und „Cayman-Islands". Er war baff. Jede große Bank hatte eine Repräsentanz auf den Cayman-Islands. Es schien also wirklich Bedarf an diskreten Geldgeschäften zu geben. Langsam merkte er, dass ihm ein wenig heiß wurde und die Schweißtropfen auf die Stirn stiegen. Nein, das war ihm dann doch eine Nummer zu windig. Er wollte auch nicht jedes Mal, wenn er Geld brauchte, in die Karibik fliegen.

Es waren nun auf den Tag drei Wochen seit der ominösen Überweisung vergangen und Heinrich sagte sich, dass er sich nun langsam an den Gedanken gewöhnen sollte, dass das Geld seins war und es keiner mehr zurückfordern würde.

Er beschloss, Waltraud, eine gute Freundin, zum Essen einzuladen. Er hatte immer davon geträumt, einmal wie die Hamburger Prominenten auch, im nahegelegenen Schlosshotel zu speisen. Als er Waltraud per Telefon einlud, war diese ganz perplex. „Heinrich, hast Du im Lotto gewonnen?" war das erste, was ihr einfiel. Heinrich war natürlich auf diese Frage vorbereitet und nutzte eine kleine Notlüge. „Nur eine kleine Lohnerhöhung, nichts Spektakuläres. Ich hole Dich dann morgen Abend mit dem Taxi ab, okay?" „OK" sagte Waltraud, noch immer ein wenig misstrauisch, da sie Heinrich sonst nur als sehr sparsamen, ja, fast sogar geizigen Menschen kannte, der sie das letzte Mal vor 2 Jahren in ein gutbürgerliches Restaurant eingeladen hatte. Sie erinnerte sich noch, dass Sie sich darüber gewundert hatten, dass Heinrich sehr vorsichtig beim Trinkgeld war und nur auf den nächsten Euro aufgerundet hatte.

Es war dann allerdings ein sehr schöner Abend im Schlosshotel, wie beide fanden. Heinrich hatte seinen besten Anzug an und Waltraud hatte ein tolles rotes Kleid an. Sie wurden von einem Kellner zu einem Tisch in der Mitte des Raumes geführt. Der Raum war mit edlen Kronleuchtern erhellt und an den Seiten hingen viele in Gold gerahmte Spiegel an den Wänden.

Die Speisekarte konnte Heinrich nur bedingt lesen, da vieles in Französisch geschrieben war. Er hielt sich also bei seiner Bestellung an das wenige, was er laut der Beschreibung auf der Menükarte verstehen konnte. Er wollte sich gegenüber dem Kellner nicht die Blöße geben, die Speisekarte zum größten Teil nicht zu verstehen.
Das Essen wie auch der dazu servierte Wein waren erstklassig. Heinrich stimmte voll und ganz überein, dass dieses Hotel den Michelin-Stern, den es zugesprochen bekam, voll und ganz verdient hatte. Er fand nur die Portionen etwas klein.
Am nächsten Tag beschloss Heinrich, zum Reisebüro zu gehen und sich beraten zu lassen wegen einer Weltreise. Er würde all die schönen Orte kennenlernen, die er sonst nur aus dem Fernsehen kannte.
Im Reisebüro erfuhr er, dass es für derartige Weltreisen, wie er sie vorhatte, keine Pauschalangebote gibt. Die Angestellte im Reisebüro bot ihm an, dass er sich ein paar Kataloge für Fernreisen mitnehmen könne und wenn er sich dann seine Ziele überlegt hätte, würde Sie ihm helfen, diese

dann zu kombinieren. Sie sagte ihm nur, dass das einige Zeit brauchen würde, was Heinrich aber nicht abschreckte. Also ging er mit einem großen Stapel an Reisekatalogen nach Hause.

Als er dort ankam, lag im Briefkasten ein Brief der Volksbank Hamburg-Süd. Er riss ihn auf der Stelle auf. Der Inhalt lautete: „Sehr geehrter Herr Huber, wir möchten Sie bitten, in einer dringenden Angelegenheit in den nächsten Tagen unsere Hauptfiliale aufzusuchen."

Heinrich ließ sich auf die Stufe an seinem Hauseingang sinken. „Das war's dann wohl." dachte er bei sich. Wäre ja auch zu schön gewesen, um wahr zu sein.

Als Heinrich am nächsten Tag die Bank betrat, ging er seinen gewohnten Gang zum Schalter. Die Bankangestellte erkannte ihn sofort, denn er war ja ein langjähriger Kunde. „Herr Huber, Guten Morgen!". „Guten Morgen", entgegnete Heinrich ein wenig widerwillig.

„Unser Filialleiter, Herr Brosig, erwartet Sie schon. Bitte folgen Sie mir." Frau Bittner, die Bankangestellte

führte Heinrich zum Büro des Filialleiters. Sie sah zuerst vorsichtig herein und nickte kurz. Herr Brosig sah von den Akten auf und bestätigte Frau Bittners Nicken. Er ging auf die Tür zu und als er Heinrich sah, machte er ein freudiges Gesicht. „Herr Huber, schön, Sie zu sehen, bitte nehmen Sie doch Platz." Heinrich kannte Herrn Brosig, den Filialleiter, nur flüchtig und es war ihm klar, dass seine Freundlichkeit nur aufgesetzt war. Wahrscheinlich stand sein Job auf dem Spiel, vermutete Heinrich, wenn das Geld nicht zum richtigen Empfänger gelangte. Heinrich setzte sich langsam auf dem Platz vor Herrn Brosigs Pult.
„Kann ich Ihnen irgendetwas zu trinken anbieten?" fragte Herr Brosig. Heinrich machte eine ablehnende Handbewegung. „Okay" erwiderte Herr Brosig.
„Tja, wie Sie vielleicht schon ahnen, geht es um die 1 Mio. Euro, die versehentlich auf Ihrem Konto gelandet ist.
„Ich muss Ihnen mitteilen, dass es hier um eine Fehlbuchung handelt, wir hatten ganz einfach einen Zahlendreher bei der Verarbeitung der Buchung.

Der Fehler ist leider erst aufgefallen, als uns letzte Woche der eigentliche Empfänger kontaktierte, warum das Geld bei ihm noch immer nicht angekommen ist." Herr Brosig rückte etwas näher an sein Pult heran. „Ich kann und will Ihnen bestimmt keine Vorwürfe machen, warum Sie sich nicht von sich aus gemeldet haben, ganz sicher nicht. Und die Zinsen, die Ihrem Konto wegen dieser Buchung zufließen, können Sie selbstverständlich auch behalten. Leider nur muss ich die eigentliche Buchung stornieren." Das war es, was Heinrich erwartet hatte. Alles nur ein kurzer Traum. Und nun: zerplatzt, wie eine große Seifenblase.

Herr Brosig rollte mit seinem Stuhl ein wenig zurück und griff mit der rechten Hand in den Wandschrank. Dann nahm er eine Weißweinflasche heraus und erklärte: „Als kleines Trostpflaster kann ich Ihnen nur noch dieses edle Tröpfchen mit auf den Weg geben." Herr Brosig stand auf, was auch Heinrich dazu animierte, sich Herrn Brosig gegenüberzustellen. Herr Brosig reichte ihm die rechte Hand.

Heinrich ergriff dieselbe und brachte ein leises „Danke" über die Lippen. „Und vielen Dank für Ihre Kooperation und ihr Verständnis!". Herr Brosig führte Heinrich noch bis zur Tür und lächelte freundlich, als Heinrich den Raum verließ. „Auf Wiedersehen, Herr Huber!" Heinrich entgegnete selbiges und ging dann schleppenden Schrittes durch die geöffnete Tür in die Schalterhalle der Bank. Er nickte noch kurz in Richtung der Angestellten und steuerte dann Richtung Ausgang.
Die nächsten Tage vergingen ohne besondere Vorkommnisse. Heinrich hatte sich mit seiner Lage arrangiert und war froh, dass er nicht voreilig zu seinem Chef gelaufen war und um Reduzierung seiner Arbeitszeit gebeten hatte. Das wäre sonst schon etwas peinlich gewesen, zu gestehen, dass es sich um ein Missverständnis handelte. Da Heinrich ein echter Sportfan war, fieberte er schon dem anstehenden Wochenende entgegen, denn eine neue Saison ging endlich los. Er war mit Leib und Seele HSV-Fan, schaffte es allerdings meist nicht mehr als einmal pro Saison ins Stadion. Dafür zitterte

er immer zuhause am Radio mit. Der technische Fortschritt war ein wenig an ihm vorübergegangen. Er hätte es sich eigentlich schon leisten können, bei einem der anbietenden Bezahlsender ein Abo für die Fußballbundesliga abzuschließen, aber die Bundesligakonferenz im Radio war für ihn unübertrefflich. Wenn dort jemand laut TOOOOR rief und bis zur Auflösung dessen, wer das Tor geschossen hatte, einem Gefühl zwischen Hoffen und Bangen ausgeliefert zu sein.
Am nächsten Morgen erwachte er früh. Wie gewohnt, ging er erstmal zum Bäcker 2 Straßen entfernt und nahm neben Brötchen auch wie gewohnt eine Sonntagszeitung mit nach Hause. Da der HSV gewonnen hatte, las er natürlich die Berichterstattung dessen Spiels zuerst. Auch wenn es nicht viel bedeutete, Tabellenführer nach dem ersten Spieltag zu sein, so machte ihn dennoch der Blick auf die Tabelle sehr stolz, der den HSV als ersten Tabellenführer der neuen Saison zeigte.
Der zweite Blick nach dem Sport galt den Lottozahlen. Heinrich tippte immer die gleichen Zahlen und er wusste

nach dem ersten Blick auf die Zahlen meist schon, ob diese tendenziell gut oder eher nicht so gut für ihn waren. Diesmal lagen viele gezogene Zahlen in den 20ern und 30ern, was schon mal ein gutes Zeichen war. Er ging die Zahlen dann eine nach der anderen langsam durch. In Reihe 3 hatte er nach drei gezogenen Zahlen schon drei übereinstimmende. Das bedeutete, dass er auf jeden Fall gewonnen hatte, alles andere war nun nur noch Zugabe. Die vierte Zahl stimmte ebenfalls überein. Nun wurde es langsam unheimlich. Er konzentrierte sich nur noch auf die dritte Reihe. Nächste Zahl war die 33, die er ebenfalls getippt hatte. 5 Richtige hatte er noch nie gehabt. Wahnsinn! Dann machte er es andersherum und guckte zuerst, welche Zahl er noch getippt hatte. Es war die 39. Dann guckte er wieder in die Zeitung. Die letzte Zahl dort war: 39. Heinrich wurde auf einmal ganz hektisch und kontrollierte die Reihe 3 nochmal mit den abgedruckten Zahlen, ganz sorgfältig und langsam. Es war wahr, die 6 Zahlen stimmten überein. Aber da war doch noch was. Für den ersten Rang benötigte er noch

die Superzahl. Er schaute auf seinen Tippzettel. Der trug die 5 als Superzahl. Das konnte nicht wahr sein, die 5 war auch wirklich Superzahl. Heinrich kontrollierte die Zahlen noch ein zweites Mal. Das Ergebnis blieb aber dasselbe, er hatte wirklich alle Zahlen richtig. Aber vielleicht hatte sich die Zeitung ja verdruckt, kam ihm in den Sinn. Sofort lief er zum Fernseher, um die Zahlen im Videotext zu kontrollieren. Dort standen dieselben Zahlen. Heinrich hörte sein Herz ganz schnell und laut schlagen. Bumm, Bumm, Bumm. Wie ein durchdringender Hammer.
Den nächsten Tag nahm sich Heinrich vorsichtshalber frei. Sein erster Weg führte ihn zur Lottoannahmestelle, wo er hoffte, die Gewinnquoten zu erfahren. Der Inhaber teilte ihm mit, dass er die Quoten erst im Laufe des Montags von der Norddeutschen Klassenlotterie (NKL), die in Norddeutschland für die Abwicklung von Samtags- und Mittwochslotto zuständig war, mitgeteilt bekäme.
Wieder zuhause angekommen, googelte Heinrich nach der Website der NKL, auf der er leider auch nur darauf

hingewiesen wurde, dass die Quoten spätestens am Dienstag veröffentlicht würden.
Heinrich war enttäuscht, aber hoffte, vielleicht von der NKL telefonisch direkt Informationen zu erhalten. Leider war die Reaktion dort die gleiche: Die Quoten würden erst tagsüber ermittelt und dann veröffentlich worden. Man konnte ihm nur sagen, dass der Jackpot und damit die Gewinnsumme im ersten Rang drei Mio. € betrug. Wie viele Gewinner es gab, darüber hatte man aber leider keine Informationen.
Heinrich ließ aber nicht locker und rief bei der NKL im 2-Stunden-Rhythmus an. Die Mitarbeiter im Call-Center waren schon ziemlich genervt von Heinrichs Telefonterror. Schließlich gegen 18 Uhr versicherte ihm eine NKL-Mitarbeiterin, dass er der einzige Gewinner im ersten Rang war und sich somit über die Summe von sage und schreibe drei Mio. € freuen durfte. Heinrich hatte das zwar gehofft, aber wegen der Streuung der Gewinnzahlen auch befürchtet, dass es andere Gewinner gäbe.

Die Summe war nun dreimal so viel wie die Summe der letzten Falschbuchung seiner Bank. Und diesmal war alles rechtens, er brauchte kein schlechtes Gewissen haben.

Er nahm sich für den Rest der Woche frei und holte die Reisekataloge, die er letztens nach dem Aufdecken des Bankirrtums in das Regal geräumt hatte, wieder hervor. Und er überlegte, ob er nicht Waltraud einladen sollte, ihn zu begleiten. Alleine machte das nur halb so viel Spaß. Und diesmal konnte er Waltraud sogar die Wahrheit über die Herkunft seiner plötzlichen Spendabilität sagen.

Aber Waltraud wollte nicht; sie hatte Angst vor dem Fliegen, hatte sie Heinrich gesagt. Er war enttäuscht. Und was nun? Doch alleine reisen?

Wie er so nachdachte, kam ihm in den Sinn, dass er auch später noch reisen könne. Konnte er mit dem Geld nicht seinen Lebenstraum verwirklichen? Er hatte immer davon geträumt, die Welt ein wenig zu verändern. Er wusste, dass seine Fähigkeiten und Fertigkeiten limitiert waren, also musste er einen anderen Weg finden.

Nun hatte er aber eine Menge Geld und er dachte bei sich, wenn er es sinnvoll einsetzen könnte, könnte er damit vielleicht wirklich ein wenig die Welt verändern.
Aber wie sollte dieses Verändern aussehen? Er stellte fest, dass er sich nie richtig mit der Frage auseinandergesetzt hatte, wahrscheinlich auch, weil er mit seinem bescheidenen Gehalt keine großen Dinge bewirken konnte.
Er nahm sich für den Rest der Woche vor, eine Idee und einen Plan auszuarbeiten, der seinen Vorstellungen entsprach.
Aber wo sollte er anfangen und wie groß durfte er träumen? Eher klein, schauen, was realistisch war oder bei den wirklichen Problemen der Menschheit ansetzen. Irgendwas dazwischen dachte er sich, denn um die Probleme der Menschheit zu lösen, benötigte er wohl geringfügig mehr Geld.
Er hatte von Bill Gates und seiner Frau Melissa gelesen, die sich vorgenommen hatten, durch Impfungen einige Krankheiten in Afrika auszurotten. Und diese Anstrengungen schienen sich auszuzahlen, denn er hatte

gelesen, dass im vergangenen Jahr in ganz Afrika kein Kind mehr an Polio erkrankt war.

Aber wieviel Geld war für eine flächendeckende Impfung eines ganzen Kontinents nötig? Er hatte keine Ahnung, aber er wollte es gerne wissen, um einen Maßstab zu haben, in welchen Dimensionen er denken konnte. Er recherchierte im Internet und fand schließlich wirklich eine Zahl: Das Grundvermögen der Stiftung betrug sage und schreibe 42 Mrd. US-$. Wow! Das war wirklich eine komplett andere Dimension.

Er schaute weiter auf gutes Glück die Zeitung und das Internet durch und stieß dort auf einen interessanten Artikel. In den USA hatten Forscher einen großen Fortschritt in der Krebsforschung gemacht. Sie hatten festgestellt, wie man Krebszellen zu harmlosen Zellen „verwandeln" konnte. Er hatte schon öfters derlei Meldungen von der Krebsforschung gehört, aber Fakt war, dass Krebs nach wie vor eine der häufigsten Todesursachen war.

Er musste aber auch zugeben, dass er nur sporadisch solche Meldungen aus der Krebsforschung aufnahm, aber nicht wirklich auf der Höhe der Forschung war und sich somit nicht wirklich eine Meinung bilden konnte, wie weit diese war. Aber auch hier waren die Dimensionen, die dies kostete, eine völlig andere als die Summe, die er zur Verfügung hatte. Er las im Internet, dass es keine Seltenheit war, dass Kliniken eigene Zentren für die Krebsforschung mit einem teilweise 3-stelligen Millionenbetrag bauten, ganz zu schweigen von den Geldern, die die Pharmaindustrie in die Forschung investierte.

Aber was war mit anderen Krankheiten, die nicht so im Fokus der Pharmaindustrie standen, seltene Krankheiten, mit denen sich kein Profit erzielen ließ. Heinrich dachte dabei an seinen Vater: Er hatte eine sehr aggressive Form von Parkinson, die auch noch sehr selten war. Heinrich hatte sich seinerzeit schlau gemacht, wie hier der Stand der Forschung war. ER hatte dazu einen Professor in Österreich besucht, der eine Kompetenz auf dem Gebiet war, aber zugeben musste, dass man wirklich erst am Anfang stand: zu

verstehen, wie die Krankheit sich bildet und was sie fortschreiten lässt.
Bei dem Rundgang wies der Professor auch auf das neue Krebszentrum der Klinik hin, das für 80 Mio. € gebaut worden war. Ein wenig neidisch sei er da schon, sagte dieser, dass scheinbar alles Geld "in den Krebs" fließe und für ihn nur ein kümmerlicher Rest übrigblieb.
Wie Heinrich so nachdachte, stellte er aber fest, dass seit dem Zeitpunkt, da sein Vater an dieser Krankheit gestorben war, seine Motivation, sich auf diesem Gebiet zu engagieren, stark abgenommen hatte.
Was gäbe es sonst für Möglichkeiten, die Welt etwas zu verändern. Er erinnerte sich an eine Kampagne bzw. Organisation, von der er vor einigen Jahren mal gehört hatte. Irgendwas in der Art, dass jedes Kind einen Computer zum Lernen haben sollte. Er googelte etwas rum und hatte dann den Namen der Organisation: One Laptop per Child, abgekürzt auch OLPC. Er musste zugeben, dass er den Weg dieser Organisation, die vor einigen Jahren noch in den Kinderschuhen steck-

te, in der letzten Zeit nicht mehr verfolgt hatte.

Seinerzeit war das mehr noch ein Projekt. Er hatte erfahren, dass am Massachusetts Institute of Technology, auch kurz MIT genannt, Leute waren, um den Code für das Betriebssystem zu schreiben. Er dachte seinerzeit, er könnte das Projekt durch irgendwelche seiner Fähigkeiten oder Fertigkeiten unterstützen, doch das war etwas naiv gedacht. Er kannte sich technisch nicht wirklich gut aus, aber um eine Hilfe für das Projekt sein zu können, musste man nicht gut, sondern sehr gut sein.

Er ging auf die Seite der Organisation und drückte auf den Button „Take Action". Dort wurde er auf die Freiwilligen-Liste der deutschen Unterorganisation verwiesen. Er entschied sich dazu, erstmal den Newsletter zu abonnieren, um irgendwie erstmal „reinzukommen", da die Webseite auf Englisch war, Heinrich aber nicht wirklich gut in Englisch war. Mit diesem Newsletter, so hoffte er, würde er schnell einen guten Überblick bekommen, wo die Organisation „stand".

Die Fotostrecken auf der Website ließen ihn aber vermuten, dass das Projekt das Anfangsstadium überstanden hatte und schon Geräte in grünem Design genutzt wurden. Er konnte sich daran erinnern, dass er, als er sich vor einigen Jahren mal ein wenig schlau gemacht hatte über das Projekt, es toll fand, dass die Laptops natürlich auch in Gegenden zum Einsatz kommen sollte, in denen es keine verfügbare Elektrizität gab und die Geräte mit einer Kurbel ausgerüstet sein sollten, die die benötigte Energie liefern sollte. Nun hieß es erstmal: Geduld haben und die Newsletter abwarten.
Geduld war etwas, was Heinrich wirklich schwerfiel. Er wollte alles immer jetzt und gleich und bewunderte Menschen, die eine gewisse Gelassenheit an den Tag legten und auch abwarten konnten, bis sich beispielsweise die Umstände für ein gewisses Unterfangen verbessern würden.
Am nächsten Tag setzte er sich sofort an den Computer und hoffte auf eine Nachricht der OLPC-Organisation, aber da war keine Mail angekommen, alles nur Spam und Werbemails.

Was nun? Naja, vielleicht war er wirklich ein wenig zu ungeduldig. Die Leute bei dieser Organisation machten das Ganze wohl auch nur ehrenamtlich nach Feierabend. Er konnte sich aber dennoch auch andere Gedanken machen und die OLPC im Hinterkopf behalten.
Aber, wie Heinrich fand, waren Kinder schon ein guter Zweck. Heinrich lagen Kinder sehr an Herzen, auch wenn er keine eigenen hatte oder vielleicht gerade deshalb.
Was er als besonders ungerecht befand, war, dass die Kinder in Afrika Schulgeld bezahlen mußten. Das heißt, dass bei armen Familien das Schicksal der Kinder vorbestimmt war, denn die Kinder mussten als Erntehelfer auf den Feldern der Eltern arbeiten. Mit dieser auf kurze Sicht für die Eltern komfortablen Situation zusätzlicher Helfer verbauten sie aber ihren Kindern, mit Bildung evtl. einen anderen Berufsweg einzuschlagen und nicht als Farmer dem Klima und somit auch regelmäßigen Dürren ausgesetzt zu sein.
Da fiel ihm ein, dass er letztens mal einen Fernsehbericht über den damali-

gen Friedensnobelpreissieger Muhammad Yunus gesehen hat, der Mikrokredite an kleine Farmer in Entwicklungsländern ausgab und so die Leute dabei unterstützte, ihr eigenes Einkommen zu sichern.

Er beschloss, einen Brief an diesen Muhammad Yunus zu schreiben, damit dieser Heinrich ein paar Tipps geben konnte, wie er dieses Projekt am besten anging.

Der Brief kostete Heinrich viel Mühe, da sein Englisch nicht das Beste war und er viel Gebrauch des Deutsch-Englisch-Wörterbuchs machte, was sich in seiner Schublade im Büro zuhause befand.

In dem Brief erläuterte Heinrich, dass er einen Batzen Geld gewonnen hatte und dieses Geld so sinnvoll als nur eben möglich anlegen wollte.

Er fragte auch nach, in welchem Land er den Sitz seiner 1-Mann-Bank wählen sollte. Ihm war klar, dass er das Ganze wohl nicht alleine schaffen würde, allein wegen der sprachlichen Barrieren. Deshalb überlegte er sich, dass er einen Mitarbeiter mit fließendem Englisch-Wortschatz einstellen musste. Das würde er aber erst tun, sobald er weitere Informationen von Herrn Yunus bekam.

Obwohl, Heinrich war skeptisch, dass dieser Herr Yunus wirklich die Zeit fand, ihm auf seinen Brief zu antworten. Aber er musste es auf jeden Fall versuchen.

Ihm war mittlerweile klar, dass solch ein Unternehmen ohne eine größere Planung nicht durchzuführen war.

Aber wie gesagt, er wollte erstmal die Antwort von Hr. Yunus abwarten, bis er weitere Schritte einleitete.

Er erzählte sonst niemand von seinem Gewinn. Er war enttäuscht gewesen von der Reaktion seines Bruders bei der verwechselten Millionenbuchung und sonst hatte er wie gesagt auch keinen, dem er sich anvertrauen wollte und konnte. Zumindest war das seine Meinung.

So vergingen die Wochen und die Millionen „langweilten" sich auf seinem Girokonto. Sein Bankberater kontaktierte ihn deswegen regelmäßig, ob er nicht gewillt sei, das Geld gewinnbringend anzulegen.

Doch, er war gewillt, aber sein Gewinn würde in dem Glück der Kleinbauern liegen. Aber diese Art von

Gewinn würde der Bankberater höchstwahrscheinlich nicht verstehen. Und so wartete Heinrich auf Antwort von Hr. Yunus. Es waren mittlerweile schon sechs Wochen vergangen und Heinrichs Hoffnung, dass er Antwort bekommen würde, schwand von Tag zu Tag. Doch dann, zu Beginn der siebten Woche, bekam er ein Antwortschreiben von Hr. Yunus. Heinrich setzte sich mit dem Schreiben an seinen Computer und tippte den Text ab und rief danach den Google-Translator auf, denn er war nicht imstande, den englischen Brief so zu verstehen ohne das Hilfsmittel eines Übersetzungsprogramms.
Er konnte seinen Augen nicht glauben, was er da las. Muhammad Yunus bewarb sich in dem Schreiben um eine Stelle in Heinrichs Unternehmen, das es ja noch gar nicht gab. Yunus war laut seinem Schreiben als Geschäftsführer der Grameen Bank im März 2011 aus Altersgründen entlassen worden und war dementsprechend arbeitslos wie er schrieb. Heinrich würde den Zustand eher als pensioniert bezeichnen, aber Hr. Yunus sah es wohl etwas anders. Mohammad

Yunus schlug vor, ein Skype-Meeting abzuhalten, wo man sich näher kennenlernen könnte. Heinrich wusste, dass er dafür auf jeden Fall einen Dolmetscher bräuchte, denn er traute es sich nicht zu, mit Mohammad Yunus sich auf Englisch zu unterhalten. Also musste sich Heinrich erstmal um einen Dolmetscher kümmern. Das nächste Problem war, dass Heinrich noch nie „ge-skyped" hatte, aber diesbezüglich konnte er auf jeden Fall auf die Erfahrung einiger Bekannter bauen, die ihm da bestimmt behilflich sein konnten.

Dann sollte er sich auch ein wenig mehr Gedanken über sein zukünftiges Unternehmen machen, denn er wollte sich ja auch nicht blamieren und sich die Blöße geben, keine oder nur eine undeutliche Vorstellung von solch einer Sozialbank zu haben, die zu gründen notwendig sein sollte.

Hr. Yunus hatte freundlicherweise auch seine E-Mailadresse im Brief mitangegeben. So konnte Heinrich schon mal ein paar unwichtigere Dinge per Mail klären. Alles andere wollte er dann per Skype besprechen.

Er suchte also erstmal die Gelben Seiten nach Simultan-Dolmetschern ab und führte einige Telefonate. Nach dem dritten Telefonat hatte er jemanden Seriöses gefunden und der Preis lag auch im Rahmen. Er vereinbarte, ihm den Skype-Termin mitzuteilen, sobald er den mit Hr. Yunus festgelegt hatte.

Heinrichs Nervosität stieg langsam, je näher das Telefonat mit Hr. Yunus kam. Er fragte, ob Hr. Yunus am Samstag Zeit hätte. Nachdem er seine Mail abgeschickt hatte, wurde ihm klar, dass es zwischen Deutschland und Bangladesch ja auch eine nicht zu unterschätzende Zeitverschiebung gab. Aber das würden sie schon planen können.

Mittlerweile hatte Heinrich auch das Skypen von seiner Freundin Waltraud gelernt und sichtlich Spaß dran gefunden. Er hatte sich das Ganze viel komplizierter vorgestellt, aber es war wirklich kinderleicht.

Dann war der große Tag der Besprechung mit Muhammad Yunus gekommen. Der Dolmetscher war sehr zeitig bei Heinrich und er bot ihm erstmal einen Kaffee an. Plötzlich

fühlte sich Heinrich sehr viel sicherer und die ganze Anspannung fiel komischerweise von ihm ab.
Zur festgelegten Zeit rief Heinrich dann bei Hr. Yunus an und der Anruf fand den Adressaten sofort. Mohammad Yunus sah sehr viel jünger aus als sein wahres Alter. Heinrich führte das darauf zurück, dass er in seinem Tun aufging, was ihn so jung aussehen ließ.
Sie begannen mit etwas Small Talk über das Wetter. Heinrich war von sich selbst überrascht, wie gut er das konnte. Aber es war schon komisch, dass der Dolmetscher „dazwischen hing". So kam kein richtig flüssiges Gespräch zustande.
Nichtsdestotrotz steuerte Heinrich dann auf den eigentlichen Punkt Ihres Gesprächs an, nämlich die Unterstützung von Kleinbauern mit Kleinstkrediten, vorzugsweise in Afrika.
Heinrich unterstützte seit einer Weile einen Jungen in Gambia. Der Junge war Waise und mußte die Familie mit acht Kindern durchbringen. Insofern war Gambia für ihn ein präferiertes Ziel.

Heinrich fragte Hr. Yunus zuerst, ob seine dauernde Präsenz in Gambia notwendig sein würde, wenn sie die neue Sozialbank gründeten und ob das Grundkapital von 3 Mio. € ausreichen würde.

Hr. Yunus stellte klar, dass er es gerne sehen würde, dass Heinrich einen Großteil seiner Zeit auch in Gambia verbringen würde, aber die endgültige Entscheidung darüber würde er Heinrich überlassen.

Heinrich bekam ein flaues Gefühl in der Magengegend, denn außer seinem jährlichen 2-wöchigen Jahresurlaub auf Mallorca war er noch nie über einen längeren Zeitraum außer Landes gewesen.

Außerdem war Heinrich mit der Einstellung in dieses Telefonat gegangen, dass es genügte, wenn er sein Geld für dieses Projekt gab, sonst sich aber dezent im Hintergrund halten könnte.

Hr. Yunus machte den Vorschlag, dass sich Heinrich bzgl. des Umfangs seines Engagement selbst noch ein paar Gedanken machen sollte und wenn er zu dem Entschluss kommen sollte, dass er wirklich dazu bereit war, den Großteil seiner Zeit auch in Gambia

verbringen zu wollen, dann würden sie über die nächsten Schritte sprechen.
Bis dahin wünschten sich die Beiden eine gute Zeit.
Heinrich war nun klar, dass er nun gegenüber seinem Chef „die Katze aus dem Sack" lassen musste. Sein Job machte ihm zwar so viel Spaß, dass er gerne in Vollzeit weiter arbeiten wollte, um dann in seinem Urlaub das Projekt in Gambia besuchen wollte, aber nachdem, was Hr. Yunus ihm erklärte, würde er unter solchen Bedingungen das neue Amt nicht antreten können.
Heinrich verabschiedete den Übersetzer und vereinbarte mit ihm, daß er ihn zum nächsten Telefonat mit Hr. Yunus wiedereinladen würde.
Nachdem sie sich verabschiedet hatte, machte Heinrich sich auf den Weg in die Innenstadt. Er wollte sich Bücher über Gambia besorgen, die dahingehend aussagekräftig waren, was die Lebensumstände der Menschen vor Ort beschrieb.
Am nächsten Tag vereinbarte Heinrich dann einen Termin mit seinem Chef. Dabei erzählte er von seinem Millionengewinn und seinem Wunsch, ein Projekt in Afrika anzustoßen. Sein

Chef bot ihm einen dreimonatigen unbezahlten Urlaub an. Danach könnte er problemlos in seinen angestammten Job zurück. Sollte er sich aber nach den drei Monaten dazu entschließen, weiterhin in Afrika bleiben zu wollen, so würde sein Vertrag dann in beiderseitigem Einvernehmen aufgehoben. Heinrich war sehr zufrieden mit dieser Regelung und schrieb Hr. Yunus direkt am Feierabend, als er zuhause angelangt war, eine Mail, in der er ihm diese Neuigkeiten mitteilte.

Hr. Yunus war sehr froh über diese Neuigkeiten. Er fragte, ob Heinrich bereit sei, in den nächsten zwei Wochen nach Gambia zu fliegen. Hr. Yunus schlug als Treffpunkt ein günstiges Hotel in der Hauptstadt Banjul vor. Da in Banjul auch der einzige Flughafen des westafrikanischen Staates lag, bot sich ein Treffen dort an. Hr. Yunus wollte dann mit Heinrich die Lage vor Ort sondieren. War es auf relativ einfache Weise möglich, eine Bank bzw. ein Gewerbe in Gambia zu eröffnen? Welche Auflagen musste man erfüllen? Wie war überhaupt die Lage, auch bezogen auf die Sicherheit für Ausländer?

Als Heinrich das hörte, wurde ihm klar, dass er sehr naiv in dieses Unternehmen einer Bankgründung gegangen war.
Eine Sache, auf die ihn Hr. Yunus aufmerksam machte, war, die entsprechenden Impfungen, die für Reisende nach Gambia Vorschrift waren, zu bekommen. Für ihn waren seinerzeit die Nachrichten vom Ebola- oder Zika-Virus so weit weg, aber nun musste er sich dieser Gefahr auch stellen und er war bereit dazu, aber mit den Impfungen konnte er einigermaßen auf „Nummer Sicher" gehen, dass sie den größtmöglichen Schutz boten.
Waltraud, seine gute Freundin, half Heinrich, die Reise über das Internet zu buchen. Direktflüge nach Banjul gab es, wie zu erwarten war, nicht. Die Verbindungen führten alle über Brüssel. Das Hotel war sehr günstig, wie sich herausstellte. Heinrich war damit einverstanden, denn übertriebener Luxus war auf dieser Reise unpassend.
Am nächsten Tag lud Hr. Yunus Heinrich nochmal ein, zu skypen und über die Vorbereitungen für ihr Treffen in Gambia sich auszutauschen. Hr.

Yunus war mit dem, was Heinrich berichtete, sehr zufrieden, was wiederum bei Heinrich auch ein positives Gefühl auslöste.

Nach dem Telefonat bemerkte Heinrich an sich etwas Komisches. Plötzlich spürte er Neugier und Vorfreude auf diesen Trip. Alle Ängste und Vorahnungen waren auf einmal wie weggeblasen. Heinrich genoss dieses Gefühl der Vorfreude, was er lange nicht mehr gehabt und gekannt hatte.

Hr. Yunus hatte ihm noch einen wichtigen Tipp bzgl. der Kleidung gegeben. Heinrich sollte möglichst unauffällige Kleidung mitnehmen, denn je, unauffälliger seine Kleidung war, desto weniger müsste er fürchten, Opfer von Gewaltdelikten oder Räubern zu werden.

Es war so schon schwer genug für Heinrich, seinen Bedarf, insbesondere an Kleidung, zu packen und dabei die von der Airline höchstens akzeptierten 20 kg nicht zu überschreiten. Mit der Einschränkung auf möglichst unauffällige Kleidung tat sich Heinrich deswegen sehr schwer, so dass er ebenfalls Waltraud um Rat bat. Nach einem weiteren Vormittag war dann

alles verstaut und die Waage zeigte
19,8 kg. Perfekt!
Waltraud brachte ihn auch am nächsten Tag zum Flughafen. Heinrich betrachtete sich davor noch ausreichend lange im Spiegel und war mit sich zufrieden. Er wirkte unauffällig, aber dennoch loyal und kompetent; diesen Eindruck wollte er auch auf Hr. Yunus machen.
Er war einer der wenigen Weißen auf dem Flug nach Banjul. Er probierte mit seinen Sitznachbarn ein wenig Smalltalk. Er hatte gelesen, dass es in Gambia viele Ethnien mit sehr unterschiedlichen lokalen Sprachen gab, aber gerade deswegen beherrschten die meisten Bürger auch englisch, um sich zumindest im Lande gut verständigen zu können.
In Banjul angekommen, war Heinrich überrascht über das angenehme Klima. Es war zwar warm, aber nicht schwül, also sehr angenehm. Es war ein wuseliges Durcheinander am Flughafen, aber es schien zu funktionieren. Der einzige Orientierungslose schien er zu sein.

Schließlich fand er doch das Kofferband und sein Koffer war einer der Letzten, die noch ihre Runde drehten. Dann steuerte er strikt den Ausgangszeichen folgend auf den Taxistand zu. Der Fahrer kannte das Hotel sehr gut und meinte zu Heinrich, dass die Fahrt ca. 20 Minuten dauern würde. Er sollte sich im Fond des Wagens relaxen. Heinrich klebte die ganze Fahrt an der Scheibe und war nicht in der Lage, zu relaxen. Die Armut schlug ihm in jedem Augenblick entgegen. Sie fuhren an Blech- und Bretterbuden vorbei, in denen sich wahre Großfamilien um das Essen scharten oder die Leute saßen mit ausdruckslosen Augen vor ihren Hütten. Auch wenn der Anblick für Heinrich schwer zu ertragen war, so wusste er auf der anderen Seite, dass er sich auf jeden Fall das richtige Land ausgesucht hatte.
Das Hotel war schlicht in der Einrichtung, aber und das war Heinrich am Wichtigsten, es war sauber. Hr. Yunus sollte erst spät am Abend landen, sodass Heinrich, nachdem er seine Sachen im Zimmer abgeladen hatte, auf eigene Faust die nähere Hotelumgebung auskundschaften konnte. Was

ihm auffiel, war, dass die Sonne relativ früh unterging, aber das war der Tatsache geschuldet, dass Gambia nahe des Äquators lag und dass die Zeit der Dämmerung extrem kurz war, da die Sonne fast in einer Senkrechten auf dem Horizont „runterfiel".

Zum Frühstück am nächsten Morgen traf er dann Hr. Yunus, der ebenfalls einen guten und entspannten Flug hatte. Sie wollten nach dem Frühstück los und sich erstmal einen Überblick über Banjul verschaffen. Man sagte Ihnen, dass sie sich einen privaten Fahrer mieten sollten, der sich auskannte und sie so zu den für sie interessanten Punkten bringen sollte. Nachdem sie sich den Überblick verschafft hatten, kontaktierten sie ein paar Makler, denn sie brauchten erstmal ein Büro. Damit verbunden sollte auch die Gründung ihrer Gesellschaft sein. Dafür mussten sie bei den lokalen Behörden einen mittleren fünfstelligen Betrag als Haftungssumme hinterlegen.
Hr. Yunus strahlte eine große Begeisterung für Ihre Sache aus und das färbte auf Heinrich ab. Er spürte eine Art

Pioniergeist, den er bislang noch gar nicht an sich kennengelernt hatte. Er stellte den Maklern viele Frage nach den besichtigten Büros. Es sollte möglichst zentral liegen, dass es „auffiel" und viele Leute anlockte.

Die Suche nach der richtigen Lokalität dauerte insgesamt drei Tage. Heinrich war das eigentlich schon viel zu lange, aber Hr. Yunus legte eben auch Wert auf sogenannte Kleinigkeiten wie eine Möglichkeit zu heizen, wenn es doch mal einen Temperatursturz geben sollte, was Heinrich sehr unwahrscheinlich vorkam.

Dann kam der erste richtig spannende Teil ihres Aufenthalts in Gambia. Sie wollten ein großes zusammenhängendes Ackergelände kaufen, welches dann in kleinen gestückelten Parzellen an die Kleinbauern verpachtet werden sollte. Für Heinrich war das auch im wahrsten Sinne des Wortes „Neuland", aber Hr. Yunus kannte sich auch hier aus. Er erkannte die Qualität des Bodens und erklärte Heinrich, woran man guten Ackerboden erkannte: nämlich an seiner Konsistenz und Farbe: sie sollte nicht zu hell sein, da er ansonsten nicht mehr genügend

Nährstoffe hatte und „ausgewaschen" war.

Sie fanden ein mittelgroßes Stück von 10 ha am Rande von Banjul, welches Ihren Anforderungen an Qualität und Lage genügte. Hr. Yunus sagte Heinrich, dass er es so kannte, dass diese Fläche gestückelt auf je 50 m² zur Pacht angeboten werden sollte über einen Niedrigzins-Kredit, zusammen mit dem Geld für ein paar Nutztiere wie Ziegen oder Hühner.

Hr. Yunus sagte, obwohl Sie hier Mikrokredite zu unglaublich günstigen Konditionen ausgeben wollten, so sollte ihr Ziel auf jeden Fall sein, dass die Bank am Jahresende eine „schwarze Null" schreiben sollte, damit sie nicht „ausblutete" und irgendwann mal insolvent ginge.

Heinrich wusste nicht, inwieweit er der Instruktion von Hr. Yunus nachkommen könnte, wenn wirklich einmal eine Familie die Kreditraten, so klein sie auch waren, nicht zurückzahlen könnten. Heinrich schob diese Gedanken erstmal fort, jetzt galt es den Laden ans „Laufen" zu bekommen.

Die 50 m² Stücke wurden von einer gambischen Firma eingezäunt und nummeriert, sodass die Kleinbauern auch einfach ihr Land identifizieren konnten.

Dann, als alle Zäune gesetzt und die sonstigen Voraussetzungen getroffen waren, konnte Ihr Büro öffnen. Heinrich und Hr. Yunus hatten in den Tagen zuvor viele Flyer verteilt, um dieses Ereignis anzukündigen.

Heinrich traute seinen Augen nicht, als er und Hr. Yunus das Büro an diesem Tag aufsuchten. Dort stand eine Schlange von Menschen, die alle ein Stück Land pachten wollten. Heinrich wusste sofort, dass die Menge an Bargeld, die Hr. Yunus und er sich am gestrigen Tag von der Bank besorgt hatten, nicht reichen würde. Heinrichs Tipp war, dass es noch nicht mal bis zur Mittagspause reichen würde.

Das Geld war wie vorhergesagt zur Mittagspause ausgegeben. Hr. Yunus und Heinrich marschierten schnurstracks zu der Bank, auf deren Konto Heinrich 2 Mio. € überwiesen hatte. Sie gingen gemeinsam, um evtl. Diebe abzuschrecken.

Die Bank gab Ihnen wiederum ihr gesamtes Bargeldvolumen und der Filialleiter versprach, am morgigen Tag mehr Bargeld von der Zentrale zu ordern. Heinrich und Hr. Yunus wollten die Kleinbauern nicht vergraulen, die mittlerweile schon gute 6 Stunden vor Ihrem Büro ausharrten.
Der angepeilte Feierabend ließ sich nicht realisieren. Den letzten Kleinbauern empfingen sie um 21 Uhr. Und so hatten Sie am ersten Tag sage und schreibe 300 Kleinbauern einen Mikrokredit vergeben. Sollte der Andrang in diesem Maße über die ganze Woche so weitergehen, so könnten Sie ihr Büro am Ende der Woche schließen bzw. müssten dann neues Land erwerben. Aber Hr. Yunus beruhigte Heinrich, indem er sagte, er hätte diesen Ansturm erwartet und er wäre sich sicher, dass in den nächsten Tagen deutlich weniger Kleinbauern anstehen würden. Das Büro würde sich zwar herumsprechen, doch es lohnte sich wirklich nur für die Bauern aus Banjul. Für Leute von weiter weg würde sich das Geschäft nicht lohnen, da die Entfernung zu ihrer Parzelle zu

groß wäre, um täglich zweimal bewältigt zu werden.

Die nächsten Tage war der Andrang weiter groß, aber bei weitem nicht zu vergleichen mit dem Andrang am Eröffnungstag. Im Durchschnitt pendelte sich die Zahl der Kreditempfänger auf ca. 100 pro Tag ein.

Am Wochenende hatte ihr Büro geschlossen. Hr. Yunus und Heinrich nutzten die Gelegenheit, um sich das Geschehen auf dem Pachtland anzuschauen. Für Heinrich war es überwältigend, dieses Gewusel. Einige Bauern bestellten gerade ihr Land, andere bauten Unterstände für das Vieh wie Ziegen und Kühe. Heinrich wusste in dem Moment, dass er alles richtig gemacht hatte mit seiner Entscheidung, seinen Lottogewinn in dieses Projekt zu investieren. Die Leute hatten einfach Spaß und Zuversicht. Nicht zu vergleichen mit dem Gesichtsausdruck der Leute vor einigen Wochen, wo Hoffnungslosigkeit dominierte.

Frisch motiviert ging Heinrich in die nächste Woche: Ihr Büro war noch immer gut besucht von Kleinbauern. Neben Ihrem Büro hatte auch ganz neu ein Geschäft für landwirtschaftliche Geräte aufgemacht. Heinrich war überrascht, wie schnell hier jemand diese „Marktlücke" bemerkt hat und dieses Geschäft eröffnet hat. In Deutschland wäre das wegen der formellen Voraussetzungen niemals möglich gewesen in der Zeit.

Heinrich fiel auf, dass die Arbeit ihm trotz des zeitweiligen Stresses einfach guttat, er hatte praktisch positiven Stress. Er wusste, dass das, was er tat, mit dazu beitrug, die Welt ein wenig besser zu machen, wie er es immer wollte.

Die Zusammenarbeit mit Hr. Yunus klappte auch immer besser. Hr. Yunus musste anfangs immer mal als Dolmetscher aushelfen bei Heinrich, da sein Englisch, wie er sagte, ein wenig eingerostet war. Aber mit der Zeit wurde auch das besser und Heinrich war bald soweit, größere Gespräche alleine zu führen.

Es fiel Heinrich auf, dass auch einige Jugendliche sich Mikrokredite geben ließen. In Ihren Statuten war erlaubt, dass Jugendliche ab 16 Jahren einen Kreditwunsch äußern können.

Hr. Yunus erklärte Heinrich, dass es in Gambia viele Waisenfamilien gab.

Familien, in denen beide Elternteile aufgrund von Krankheiten gestorben waren oder sich außerstande sahen, ihre zumeist sehr große Kinderschar zu ernähren. Heinrich hegte großen Respekt vor der Verantwortung, die diese Jugendlichen für Ihre Familien auf sich nahmen. Daher schlug er Hr. Yunus vor, diesen Jugendlichen einen Sonderrabatt bei den Zinsen einzuräumen und statt 0,5 Prozent wirklich keine Zinsen zu verlangen. Hr. Yunus war strikt dagegen, er wollte für alle die gleichen Konditionen.

Aber Heinrich war der Chef und Hr. Yunus nur sein Angestellter. Daher wurden ab dem nächsten Tag und auch rückwirkend alle mit Jugendlichen abgeschlossenen Verträge mit 0 % Zinsen abgeschlossen.

Hr. Yunus war ein wenig sauer auf Heinrich, weil dieser in seinen Augen zu wenig Geschäftsmann war. Aber er hatte leider kein Druckmittel und war von Heinrich und dem von ihm gezahlten Einkommen abhängig.

Die besonders für Jugendliche günstigen Bedingungen sprachen sich schnell rum und die Zahl der jugendlichen Kreditnehmer stieg danach

nochmal an. Heinrich hatte sich auch durchgesetzt, für diese Jugendlichen einen kostenlosen Zuschuss zu ein paar Nutztieren zu geben. Diese Jungen lagen ihm einfach am Herzen und er hatte einen Riesenrespekt davor, wieviel Verantwortung sie schon in so jungen Jahren trugen.
Heinrich unterhielt sich mit den Jugendlichen und war so sehr interessiert an ihren Geschichten. Herausstach dabei ein 17-Jähriger namens Ebrima. Er hatte eine Familie mit sage und schreibe 11 Personen zu versorgen und ging nebenbei auch noch zur Schule. Er hatte ihm erzählt, dass er früher ein wenig Geld damit verdient hatte, Feuerholz aus dem Wald zu holen und es dann auf der Straße zu verkaufen. Dies hatte die Regierung aber nun seit einigen Monaten verboten, da der Holzeinschlag im Wald mittlerweile so massiv war, dass die Bodenerosion stark fortgeschritten war auf dem unbepflanzten Grund.
Er war auf die Hilfe von Leuten wie Heinrich angewiesen. Er erzählte, wie manchmal die kleinen Kinder vor Hunger weinten. Der Vater war vor einigen Jahren gestorben und die Mut-

ter konnte und wollte die Verantwortung nicht alleine tragen und hatte sich dann abgesetzt. Sie besuchte ihre Familie von Zeit zu Zeit, aber blieb nie länger als ein paar Tage.
Ebrima wollte einmal Arzt werden und den Armen, die sich keine Behandlung leisten konnten, helfen. Er wusste, dass das ein herer Wunsch war, denn er musste ja auch von seiner Arbeit leben können und das konnte er nicht alleine durch Wohltaten. Aber Heinrich sah während dieser Worte Ebrimas das Funkeln in seinen Augen. Er konnte sich nicht erinnern, dass er selbst damals solch eine Sehnsucht nach seinem Job hatte, obwohl er ihm Spaß machte.
Heinrich imponierte, wie dieser Ebrima sich für seine Familie aufopferte. Er wusste, dass er nur eine Chance hatte, durch Bildung aus diesem Kreislauf der Armut auszubrechen. Manchmal fiel es ihm schwer, sich in der Schule zu konzentrieren, gerade, wenn er Hunger litt. Er wusste, dass das gambische Sprichwort „Mit einem leeren Magen lernt es sich schlecht" bei ihm Realität wurde.

Heinrich wollte Ebrima persönlich helfen, sodass weder Hr. Yunus noch ein anderer Kreditnehmer davon „Wind bekam". Deshalb traf er Ebrima eines Abends in einem etwas abgelegenen Café außerhalb des Zentrums von Banjul. Ebrima erzählte, dass die dringendste Sorge neben dem Hunger das Aufbringen der monatlichen Miete war. Ebrima bewohnte mit seiner Familie nur einen einfachen Beschlag mit offener Front und mit nur vier Matratzen, sodass sie teilweise in Schichten schlafen mussten, da nicht für alle zur gleichen Zeit Platz war. Der Vermieter, von dessen Wohlwollen sie abhängig waren, schikanierte sie andauernd, weil sie nicht in der Lage waren, ihre Miete immer pünktlich zu bezahlen. Ebrimas Traum war es, einmal sein eigenes Haus zu bauen und „sein eigener Herr zu sein". Aber das war, so meinte er jedenfalls, Träumerei, aber er sagte sich, dass er ohne Träume das niemals schaffen würde und so behielt er es für sich. Heinrich wollte mit seiner Unterstützung erstmal klein anfangen und gab Ebrima Geld für drei zusätzliche Ziegen. Es war ihm bekannt, dass die

Ziegenmilch sehr gesund war und für das Immunsystem der kleineren Geschwister eine Basis war.
Weiter wollte er Geld für die Anschaffung eines Esels geben, mit dem Ebrima das geerntete Gemüse zum Marktplatz befördern konnte. Freilich musste das Gemüse erst wachsen und reifen, also hatte der Esel noch etwas Zeit.
Ebrima klärte Heinrich darüber auf, dass jedwede Schule in Gambia Schulgeld verlangte, das mit dem Alter des Schülers oder der Schülerin anstieg. Das Schulgeld wurde auch nicht je Schuljahr berechnet, sondern je Term, wobei ein Schuljahr aus drei Terms bestand. Eine verdammt teure Sache, wenn man berücksichtigte, dass Ebrima für sich in einem Term schon rund 300 € bezahlen musste. Aber hierzu gab es keine Alternative, denn wenn Ebrima irgendwann aus dem Armutskreislauf entrinnen wollte, so ging das nur über Bildung.
Heinrich vereinbarte mit Ebima ein regelmäßiges Treffen alle zwei Wochen. Heinrich wollte teilhaben am Schicksal und Wohlergehen von Ebrimas Familie. Sollte eine Notsitua-

tion eintreten, könnte Ebrima aber jederzeit vorbeikommen, so Heinrich.
Ebrima war sehr glücklich über Heinrichs Unterstützung und hatte bei der abschließenden Umarmung Tränen in den Augen. Es war ihm deutlich anzumerken, wie ihm eine Last von den Schultern fiel, nämlich die Last, die Familie jeden Tag aufs Neue durchzubringen und dafür alleine verantwortlich zu sein.
Er erzählte Heinrich, dass er noch vor Wochen so hoffnungslos war, dass er eine Flucht übers Mittelmeer Richtung Europa in Betracht zog. Er wusste, wie gefährlich die Route übers Mittelmeer war, aber dieses Risiko hätte er gerne in Kauf genommen für ein besseres Leben. Aber nun war es ja zum Glück anders gekommen. Ebrima hatte auf einmal wieder Hoffnung, doch noch seinen Berufswunsch zu realisieren und Arzt zu werden. Er wusste, dass er dafür sehr viel Geduld brauchen würde, aber jetzt konnte er sich wieder zu einem großen Teil seiner Zeit auf die Schule konzentrieren, was ihm wie ein Geschenk vorkam.
Als Heinrich wieder im Hotel war und sich schlafen legte, konnte er lange

Zeit nicht einschlafen. Er steckte sich eine Zigarette an und nahm einen tiefen Zug. Das Gespräch mit Ebrima wirkte spürbar nach und er war berührt vom Kampf einer bestimmten Bevölkerungsschicht gegen Armut und Hunger. Er fragte sich, wie es sein konnte, dass sich im fernen Deutschland nur wenige berührt fühlten von diesen Schicksalen. Er nahm sich vor, zumindest in seinem Umfeld die Leute zu informieren von deren täglichen Kampf gegen den Hunger.
Heinrich spürte, dass er mehr machen musste als nur diese Sozialbank zu eröffnen. Ja, sie war ein guter Anfang, aber er durfte es nicht dabei belassen. Hatte er auch anfangs das Bestreben, sein Handeln in Gambia „unter dem Teppich" zu halten, so hatte er jetzt das Bedürfnis, diese Situation hier in Gambia in seinem Umfeld öffentlich zu machen. Wenn er Webseiten kreieren könnte, würde er solch eine Seite kreieren und alle möglichen Fotos einstellen. Da er dazu aber nicht im Stande war, entschied er sich, erstmal Facebook als das Medium seiner Wahl zu nehmen. Dort konnte er auch Fotos einstellen. Bisher hatte das Medium

für ihn keine große Bedeutung gehabt, ja, er postete mal ab und an ein paar Urlaubsbilder, aber das war nicht wirklich Weltbewegendes. Nun aber hatte er „etwas zu sagen" und zu zeigen und in den nächsten Tagen stellte er eine Menge Fotos vom Leben in Gambia ins Netz. Seine Facebook-Freunde waren zumeist überrascht von seinem Engagement, aber Heinrich war bestrebt, nicht sein Handeln in den Mittelpunkt zu stellen, sondern das Leben der Leute in Gambia. Auch wenn er momentan noch genug Geld hatte, um sein Anliegen hier voranzutreiben, so war es absehbar, dass das Kapital, mit dem er etwas Gutes tun konnte, von Tag zu Tag erstmal kleiner wurde.

Er hatte die Idee, in Deutschland eine Hilfsorganisation zu gründen. Da er aber gerade nicht abkömmlich war, schrieb er Waltraud, seiner guten Bekannten, eine entsprechende Mail mit der Frage, ob sie sich eventuell um die Formalitäten kümmern konnte. Heinrich würde einige Fotos schicken können, aus denen die Situation der Menschen hier in Gambia deutlich wurde.

Beim nächsten Treffen mit Ebrima äußerte Heinrich den Wunsch, in seinen freien Tagen mitzuhelfen auf dem kleinen Acker. Zuhause in Deutschland hatte er sich nie groß für Gartenarbeiten interessiert. Vielleicht war es irgendwo das Gefühl, dass es in den Geschäften alles zu kaufen gab, was man anbaute. Und er rechnete gegen den Preis des Gemüses und Obsts seine Arbeit und kam zu dem Schluss, dass es günstiger war, Gemüse und Obst zu kaufen.

In Gambia war es etwas anderes. Gemüse und Obst waren sehr teuer. Viele Familien ernährten sich deshalb teilweise nur von Reis. Heinrich sah auf einmal einen Sinn in der Arbeit. Er wollte Ebrima helfen, mit der kleinen Landwirtschaft bzw. dem Acker ihr Auskommen zu sichern.

Am Ende des Wochenendes erhielt Heinrich schon Nachricht von Waltraud. Sie hatte in einer Rekordzeit alle Behördengänge zur Einrichtung einer Hilfsorganisation über die Bühne gebracht und hatte auch schon jemanden, der ihnen eine Webseite „bauen" konnte. Sie bat Heinrich um die zuge-

sagten Fotos, damit auch hier keine Zeit verschenkt werden würde.
Heinrich bat Ebrima, ihm bei den Fotos zu helfen. Er wollte einfach Bilder, die die Situation der Wohnverhältnisse und sonstigen Lebensumstände in Banjul richtig wiedergaben. Ebrima führte ihn an die Ecken, die Heinrich bislang noch nicht vorgefunden hatte. Ein dreckiger Bach mit Brackwasser und einem ekelhaften Geruch, dann einfach Gruben, die als Toilette genutzt wurden, Brunnen, an denen die Menschen Schlange standen, weil es sonst kein sauberes Wasser gab. Selbst Heinrich, der ja nun schon einige Wochen in Banjul war und vieles schon gesehen hatte, war berührt von diesen Bildern, die er sah und als Foto festhielt.
Er war sich sicher, dass auch die Leute in der Heimat von diesen Bildern berührt sein würden. Er schickte die Bilder am Abend an Waltraud per Mail. Wie erwartet war auch Waltraud berührt. Sie hatte eine Idee, dass man ja eine kleine Ausstellung machen könnte und dort vielleicht Obst und Gemüse aus dem Anbau auf den neu verpachteten Gärten anbieten konnte. Sie

wollte das aber mit Heinrich zusammen machen, denn er war ja der eigentliche Kopf ihrer neuen Organisation.

Am Ende der nächsten Woche machten Heinrich und Hr. Yunus einen Rundgang über die Anbauflächen. Auf vielen Flächen spießten die kleinen Pflanzen und die Pächter waren stolz darauf und konnten die Ernte nicht abwarten. Am Liebsten schauten Sie ihren Pflanzen Tag und Nacht beim Wachsen zu.

Doch der Wuchs kam ins Stocken. Die alljährliche kurze Regenperiode schien dieses Jahr auszufallen. Und das, wo doch die Pflanzen gerade in dieser Phase Nährstoffe und Wasser benötigten. Heinrich spürte eine gewisse Nervosität. Es wäre eine Katastrophe, wenn die Jungbauern schon mit der ersten Aussaat so enttäuscht wurden. Sie würden dann wahrscheinlich für immer der Landwirtschaft den Rücken kehren.

Heinrich und Hr. Yunus dachten nach und kamen zu dem Schluss, dass Ihnen kurzfristig nur ein Brunnen weiterhelfen würde. Wenn man wollte, konnte man anschließend noch ein direktes Bewässerungssystem bauen, was die Bauern von den Launen des Wetters oder dem El Nino-Phänomen unabhängig machte.

Hr. Yunus kontaktierte die Helfer anderer Entwicklungshilfeorganisationen, die auch im Lande waren und schon Erfahrung mit solchen Projekten hatten. Sie fanden schnell einen „Trupp", der Ihnen versprach einen funktionsfähigen Brunnen in unter 1 Woche aufzubauen. Heinrich und Hr. Yunus handelten schnell und gaben diesem „Trupp" den Zuschlag.

Und so wurde zwei Tage später schon der erste Spatenstich gesetzt für den Brunnen. Der Spatenstich war in diesem Fall ein mit einem generatorgetriebenen Bohrer gebohrtes Loch bis in 20 Metern Tiefe.

Da die Zeit drängte und am Abend das Loch in einem kleinen Durchmesser gebohrt war, konnten die Bauern jeweils einige große Eimer „Zapfen". Die Bauern standen Schlange wie einst bei der Eröffnung des Büros. Am nächsten Tag wurde dann der Durchmesser des Lochs ständig vergrößert bis der Durchmesser von einem Meter erreicht war.

Dann wurde der Brunneneingang gemauert und zum Ende des dritten Tages war der Brunnen voll einsatzbereit und eine Dürrekatastrophe war abgewendet.

Heinrich schwebte vor, zu einem späteren Zeitpunkt den Brunnen komplett von innen auszumauern und eine solarbetriebene Pumpe einzubauen, aber jetzt war es wichtig, dass er erstmal, egal wie, Wasser lieferte für die Wachtumsphase der kleinen Pflänzchen.

Heinrich und Hr. Yunus richteten eine kleine Feier zur Eröffnung des Brunnens aus; im Rahmen dieser Eröffnungsfeier sprach auch ein lokaler Priester eine Segnung aus. Da der Priester dem Englischen nicht mächtig war, verstanden Heinrich und Hr. Yunus nicht und konnten auch beim abschließenden Kirchenlied nicht mitsingen, aber es war auch ohne dem ein bewegender Augenblick, denn Heinrich beobachtete, wie fest die Kleinbauern an einen Segen „von oben" glaubten.

Ebrima war ebenfalls zur Segnung des Brunnens gekommen. Wie er Heinrich mitteilte, hatte er großes Vertrauen in

Heinrichs Arbeit gefunden; Er erzählte, wie es ihm schwer fiel, nach allem, was die korrupte Regierung ihnen abverlangte an Abgaben, wieder Hoffnung und Vertrauen zu finden in die Arbeit derer, die vorgaben, sich um ihre Belange zu kümmern.
Heinrich hatte das Gefühl, dass ein gewisser Geist sich ausbreitete unten den Kleinbauern. Sie waren produktiv, indem sie sich täglich um ihre Pflanzen kümmerten. Und das führte dazu, dass sie einen ganz anderen Respekt voreinander entwickelten.
Heinrich hatte lange Zeit nicht mehr gebetet, doch nun fing er wieder an: Er betete jeden Abend vorm Zubettgehen für die bevorstehende Ernte und er wusste, dass Gott seinen Segen für die Ernte geben würde.
Das Umfeld war wie gemacht: Die regionalen Produkte sollten dazu führen, dass die Leute in Banjul unabhängig wurden von teuren Importen aus Europa oder nordafrikanischen Staaten wurden. So wurden auch Transportkosten nicht noch auf den Importpreis draufgeschlagen, sondern die Wege zum Verbraucher waren kurz und die Verbraucher wussten auch genau, vor-

her ihr Gemüse und Obst kam und dass hierbei keine Chemikalien und andere Pestizide zum Einsatz kamen.
Die Arbeit im Büro nahm nun ständig zu: die Nachfrage nach Parzellen zum Anbau von Gemüse war weitestgehend gesättigt, vereinzelt kamen noch Leute, die sich noch das eine oder andere Nutztier kaufen wollten. Heinrich und Herr Yunus beschlossen, das Büro nur noch montags – bis mittwochs zu öffnen.
Heinrich „juckte" es in den Fingern, denn er wollte Ebrima bei der anstehenden Ernte helfen. Die Kleinbauern pflanzten zumeist Erdnüsse und Hirse an, aber auch Mais und Maniok. All diesen Gemüsesorten kam der etwas sandige Boden entgegen.
Heinrich verabredete sich mit Ebrima zu sehr früher Stunde, um der brütenden Mittagssonne zu entgehen. Die Ernte war sehr ergiebig, die Erdnussbüsche hingen über und über mit Nüssen. Sie schafften es, sämtliche Erdnüsse an zwei Tagen abzuernten, die anderen Gemüsesorten brauchten noch etwas länger bis zur Ernte. Am dritten Tag luden sie die abgeernteten Nüsse auf einen Eselskarren und fuhren zum

Markt, um dort den Ernteertrag zum Kauf anzubieten. Ebrima konnte sich nicht erinnern, den Marktplatz mal so voll gesehen zu haben.
Früher bestimmten einige wenige Importeure das Bild und verlangten teilweise horrende Preise für ihre Waren. Aber nun war der Markt voll von Kleinbauern, die ihre Waren verkauften.
Die Geschäfte liefen gut für Ebrima und Heinrich. Die Preise waren trotz Dürre, wohl wegen dem vergrößerten Angebot der anderen Kleinbauern, ein wenig gefallen im Vergleich zum letzten Jahr!
Nichtsdestotrotz hatten die Beiden schon nach zwei Stunden all ihre Erdnüsse verkauft. Dazu muss man wissen, dass Erdnüsse sehr beliebt waren unter den Menschen in Gambia. Sie sind, entgegen landläufiger Annahme, sehr nährstoffreich und ebenfalls reich an Vitalstoffen. Gerade in Ländern, in die von Unterernährung bedroht sind, werden die Kinder gerne mit Erdnüssen versorgt, was dem sonstigen Nahrungs- und Nährstoffmangel entgegenwirken soll.

Der Kassensturz zuhause ergab eine Summe, mit der noch zwei Ziegen angeschafft werden konnten. Das bedeutete, jeder weitere Verkauf von Produkten auf dem Markt kam zu 100 % der Familie zugute. Ebrima freute das sehr, denn sonst war er immer von Almosen abhängig. Es machte ihn stolz, dass er jetzt mit seiner Hände Arbeit die Familie versorgen konnte und vielleicht auch noch ein wenig Geld auf Seite legen konnte, für schlechte Zeiten.

Der Hauptsinn neben der häuslichen Versorgung war das Sparen für das Schulgeld. Ebima kam jetzt in die 11.Klasse und damit musste er nun 300 € Schulgeld zahlen statt bisher 100. Wenn dann noch alle seine Geschwister auch ihr Schulgeld bezahlen mussten, so war das eine Menge, was durch den Verkauf des Gemüses wieder hereinkommen musste. Die Käufer auf dem Markt wollten ihn auch oft „übers Ohr hauen" und dachten, weil er noch fast ein Kind war, so konnten sie ihm die Preise diktieren. Aber Heinrich hatte ihn davor gewarnt und geraten, er müsse standhaft bleiben. Er müsste sich den Respekt erst erwer-

ben, aber Heinrich sah, dass Ebrima seinen Ratschlag befolgte und knallhart blieb bei den Preisverhandlungen, was ihn stolz machte.
Heinrich machte das Markttreiben sichtlich Spaß; er hatte Glück, denn die Markttage fielen mit ihren freien Bürotagen überein. Mit dem zweiten Verdienst kaufte Ebrima erst einmal einen großen Sack Reis. Heinrich hatte vorher schon angeboten, für das nötige Essen zu zahlen, aber Ebrimas Stolz verbot es ihm. Ebrima war sichtlich stolz, dass er ab jetzt mit dem verdienten Geld für den Lebensunterhalt der großen Familie sorgen konnte. Der Brunnen war wirklich eine große und gute Investition. Man hörte, dass in vielen Landesteilen die Menschen an der Dürre litten, weil dort, wo es weder Brunnen noch Bewässerungssysteme gab, war die Ernte auf den Feldern verdorrt in der gleißenden Sonne. Man merkte dies auch in steigenden Preisen. Einerseits freute Ebrima das sehr, dass er mit seinem Gemüse einen höheren Ertrag erwirtschaftete, andererseits wusste er aber auch, wie schwer es seine Mitbürger in anderen Landesteilen hatten, die

auch schon bei normalem Preisniveau Mühe hatten, die Preise der Anbieter zu bezahlen.

So langsam neigte sich die erste Erntezeit dem Ende entgegen. Zum Schluss wurde die Hirse geerntet. Die war nicht zum Verkauf vorgesehen, sondern Ebrimas Großmutter nutzte Sie einerseits zum Brotbacken und andererseits für leckeren Brei, von dem Heinrich nicht genug haben konnte.

Da in Banjul alles fast geschäftsmäßig seinen Lauf ging, plante Heinrich seine Reise nach Hause. Denn auch dort gab es nach der Gründung ihres gemeinnützigen Vereins eine Menge zu tun. Und er musste zugeben, dass er nach der langen Zeit, die er nun am Stück in Gambia war, wieder ein wenig Sehnsucht nach zuhause hatte.

Als er Ebrima eines Nachmittags erzählte, dass er für eine Weile nach Hause fliegen würde, lief dieser direkt zu den kleinen Kleidungshüttchen, an denen es traditionelle afrikanische Kleidung gab. Er wollte damit Heinrich eine Freude machen und ihm etwas aus seiner Kultur mitgeben. Er brachte 2 Kombinationen mit, die un-

glaublich bunt und deshalb fröhlich ausschauten. Heinrich freute sich sehr über dieses Geschenk von Ebrima und versprach, diese Kleidung auch regelmäßig in Deutschland zu tragen, insbesondere bei den Treffen seines neuen Vereins.
Als Heinrich dann zwei Tage später den Flieger nach Hamburg nahm und aus dem Ankunfts-Gate herauskam, stand Waltraud schon bereit, um ihn zu empfangen und abzuholen. Ihre Umarmung tat gut. Er hatte zwar auch von Ebrima und seiner Familie viel Liebe erfahren, aber wenn er ehrlich war, tat es gut, auch mal in den Arm genommen zu werden. Waltraud erzählte ihm, was alles passiert war in den letzten Monaten: von der neuen, schönen Elbphilharmonie, die gerade erst eröffnet worden war und nun allen Bürgern zur Besichtigung offen stand, von der großen Parade großer Kreuzfahrtschiffe wie beispielsweise der „Queen Elizabeth II" letzte Woche. Heinrich war ein kulturell sehr interessierter Mensch und war immer oft in Theaterstücken oder Konzerten und er freute sich wieder, das eine oder andere Stück in der nächsten Zeit zu besu-

chen. Auch in Ausstellungen bekannter Maler ging er gerne: er verlor sich dabei in den Bildern und, wenn er beispielsweise mit Waltraud dorthin ging, kam er öfters vor, dass Heinrich erst durch einen kleinen Stubser ins Hier und Jetzt zurückgeholt werden musste.

Heinrich hatte mit Ebrima vereinbart, jede Woche einmal zu skypen; ein Laptop war eines der wenigen Sachen, die Ebrima als Geschenk akzeptiert hatte. Heinrich war sehr interessiert, wie das Leben und die Lage der Familie in Gambia waren.

Und Ebrima machte Heinrich auch sichtlich Freude. Wie verschüchtert war sein Auftreten noch, als sie sich kennengelernt hatten. Und nun war aus Ebrima ein selbstbewusster Jugendlicher geworden mit einem souveränen Auftreten.

In der darauffolgenden Woche machte er sich mit Waltraud daran, die Fotos, die er gemacht hatte, einmal zu sichten und eine Vorauswahl zu treffen, welche man in dem Internetauftritt der neuen Hilfsorganisation und für eine mögliche Ausstellung in passenden

Räumlichkeiten in Frage kommen
würden.
Am nächsten Tag rief Waltraud ganz
aufgeregt an, sie hatte tolle Neuigkeiten. Und zwar hatte sie von einem
Freund gehört, dass in einer Ge-
schäftsstraße in Altona Räumlichkeiten seit ein paar Monaten leer standen
und einen neuen Pächter suchten.
Waltraud setzte sich mit dem Vermieter in Verbindung und fragte, ob sie
die Räumlichkeiten nicht für ihre Ausstellung würden nutzen können und
evtl., weil sie ja ein gemeinnütziger
Verein waren, etwas Mietnachlass
bekommen würde. Darauf sagte der
Vermieter, dass sie die Räumlichkeiten für eine Zeit von 3 Monaten kos-
tenfrei nutzen können.
Waltraud würde sie gerne Heinrich
zeigen und fragte, wann dieser Zeit
hätte. Heinrich war eigentlich kein
spontaner Typ, aber diesmal nahm er
sich ein Herz und sagte: „Sofort".
Waltraud holte also Heinrich mit ihrem Auto ab und sie fuhren nach Altona. Sie fanden das ehemalige Geschäft auf Anhieb und es war top in
Schuss. Heinrich nahm sich vor, den
Vermieter, der ihnen solch eine Freu-

de gemacht hatte, mit in sein Abendgebet aufzunehmen.
Heinrich fragte Waltraud, ob sie sich um die Dekoration bzw. die Beleuchtung kümmern konnte. Er wollte sie auch mit einem kleinen Budget, über das sie verfügen könne, locken. Aber das brauchte er gar nicht, Waltraud war Feuer und Flamme für diese Aufgabe und fing sofort an zu planen, wie man die besten Belichtungseffekte erreichen konnte. Waltraud war eine sehr kreative Frau, die auch von ihren Freundinnen immer gefragt wurde, wenn es um Innenausstattungen ging.
Am nächsten Tag drängte Waltraud Heinrich, mit ihr in den Baumarkt zu fahren, um die entsprechenden Lampen bzw. Strahler und die flexiblen Stellwände für die Bilder auszusuchen. Waltraud hatte zum Glück konkrete Vorstellungen, das sollte die Qual Heinrichs, der sich ungerne in Baumärkten aufhielt, erträglich halten. Aber Heinrich war diesmal begeistert über Waltrauds Ideen. Sie hatte Heinrich gesagt, man müsste nach indirekten Lichtquellen Ausschau halten. Heinrich konnte sich darunter nicht viel vorstellen, aber als Waltraud ihm

ihre Vorstellungen jetzt zeigte, war auch er begeistert.

Der einzige wunde Punkt war, dass Waltraud sich um das Budget nicht scherte. Aber Heinrich wollte deswegen keinen Streit vom Zaune brechen. Sie bekamen nur ein praktisches Problem. Für die ganzen Dinge, die sie eingekauft hatten, reichten der Kofferraum und die Rückbank von Waltrauds Wagen nicht aus, sodass sie zwei Touren fahren mussten.

Am nächsten Morgen holte Waltraud Heinrich in aller Frühe ab. Sie begannen mit einer Generalreinigung der Örtlichkeiten. Dann stellte Heinrich die Stellwände auf und Waltraud kümmerte sich um die Beleuchtung. Die Bilder hatten Sie zu einer Druckerei eines Freundes gebracht, wo sie auf Din A4-Größe vergrößert und laminiert wurden.

Die Wände standen in Rekordschnelle, ebenso die Lampen, wobei Waltraud diese fachmännisch anbrachte. Doch dann kam der schwierige Teil, nämlich zu entscheiden, welches Bild wo die beste Wirkung hatte. Waltraud hängte die Bilder mindestens 10 mal

wieder um, bis sie endgültig zufrieden war.
Nachdem nun alles zur größten Zufriedenheit stand, ging es an das Festlegen der Termine, wann die Bilder dem Publikum gezeigt werden konnten. Waltraud hatte mittlerweile auch schon ein paar gemeinsame Freunde gefunden, die bereit waren, mitzuhelfen und einige der geplanten Schichten für die Galerie übernehmen wollten. Heinrich hatte größten Respekt vor Waltraud und dem, was sie in seiner Abwesenheit auf die Beine gestellt hatte. Sie war jetzt richtig in ihrem Element und versprach Heinrich, sich um die Helfer für die Öffnungstermine ihrer kleinen Galerie zu kümmern und organisierte gleich auch noch Kaffee und Kuchen. Heinrich war sprachlos vor so viel Organisationstalent.
Sie öffneten die Galerie an 3 Samstagen, weil sie sich da das größte Kundeninteresse erwarteten. Zudem fiel auch ein verkaufsoffener Sonntag in diese Periode, den Waltraud natürlich ebenfalls als Öffnungstermin belegte. Sie hatten bei der Druckerei, die die Bilder laminiert hat, auch Flyer bestellt, die sie in den umliegenden Ge-

schäften verteilt haben. Ebenfalls haben sie eine Reihe von Plakaten geordert, die sie an einigen Laternen und ebenfalls an den diversen Plakatwänden aufhängten.

Der Tag der ersten Öffnung rückte nun näher und Heinrich wurde sichtbar nervöser. Er liebte es eigentlich gar nicht, im Mittelpunkt zu stehen, aber Waltraud nahm ihm die Angst. Sie überredete ihn sogar, eine kleine Rede vorzubereiten.

Am ersten Öffnungstag überraschten ihn sogar die anderen Vereinsmitglieder, indem jeder etwas zu einem Buffet zusteuerte. Und Waltraud hatte noch eine große Schüssel Waffelteig vorbereitet und kam mit einem Waffeleisen „bewaffnet". Heinrich hatte morgens Lust verspürt, auch die Kleider, die Ebrima ihm geschenkt hatte, zu tragen. Er spürte kein bisschen Scham, als er durch die kleine Altonaer Fußgängerzone spazierte.

Und der Besucheransturm hatte wirklich seinen Namen verdient. Es kamen in hoher Frequenz Interessierte rein und informierten sich über das Hilfsprojekt. Heinrich machte seine Sache klasse. Er ging die ganze Zeit rum und

klärte die Besucher über die Bilder und die Gegebenheiten in Gambia auf. Waltraud erkannte ihn gar nicht wieder. Offensichtlich hatte Heinrich in Gambia eine Menge Selbstsicherheit und Persönlichkeit hinzugewonnen.
Der Tag war ein voller Erfolg; es waren viele Besucher da und auch, wenn es nicht so viele Neuanmeldungen für ihren Verein gab, so kam über Spenden eine ordentliche Summe zusammen. In Heinrich wuchs der Wunsch, in Banjul auch eine Schule zu bauen. Es war ja noch fast die Hälfte des Lottogewinns vorhanden. Heinrich war von den Erzählungen von Ebrima betroffen gewesen, dass sich wirklich nur die reichen Familien den Schulbesuch leisten konnten, denn das Schulgeld in der Oberstufe, die Ebrima besuchen müsste, betrug im Jahr sage und schreibe 1.000 €.
Heinrich wusste, dass der Weg aus der Armut nur über Bildung ging, er erinnerte sich noch an das, was Nelson Mandela einst sagte: „Bildung ist das stärkste Instrument, um die Welt ändern zu können". Und er wollte allen Kindern in Banjul die gleichen Chan-

cen auf Bildung bieten, nicht nur den gut betuchten Kindern.
Es war auch unter den Helfern ein Architekt. Heinrich fragte ihn, ob er nicht bis zur nächsten Ausstellung ein grobes Konzept für ein funktionales Schulgebäude erstellen könnte. Der Architekt, Wolfgang, war direkt Feuer und Flamme für diesen Vorschlag und hatte schon einige Ideen, wie man relativ günstig eine Schule bauen könnte. Zur nächsten Ausstellung brachte Wolfgang auch schon ein kleines maßstabsgerechtes Modell mit und Heinrich bat ihn, den Besuchern dieses Modell näherzubringen. Heinrich merkte sofort, dass es einfacher war, mit diesem vorgestellten Ziel Geld zu sammeln. Die Leute wollten ein Ziel haben und wenn sie von diesem Ziel überzeugt waren, spendeten sie auch gerne.
Wolfgang war so stolz, sein Modell den Besuchern zu zeigen, dass er irgendwann während der dritten Ausstellung zu Heinrich kam und ihm versprach, er würde kostenlos die Architektenarbeiten für diese Schule machen. Heinrich konnte nicht anders, als ihn ganz feste zu herzen. Langsam

nahm der Verein wirklich Konturen und Fahrt auf: jeder brachte sich in seinem Rahmen ein und das löste bei Heinrich einfach nur Dankbarkeit aus. Nach der letzten Ausstellung wurden einige Bilder in die Schaufenster gestellt und der Rest in Waltrauds unbenutzte Doppelgarage geräumt, um vielleicht irgendwann nochmal reaktiviert zu werden.

Als alles vorbei und fortgeräumt war, lud Heinrich die vielen Helfer noch ins Altonaer Brauhaus ein, wo sie noch einmal die erfolgreichen Ausstellungstage Revue passieren ließen.

Viele der Helfer erklärten sich spontan bereit, das nächste Mal mit Heinrich nach Gambia zu fliegen und vor Ort zu helfen. Heinrich freute das sehr, er hatte nur jetzt noch keine Ahnung, wozu er sie einsetzen könnte, denn alles ging dort seinen mittlerweile gewohnten Gang.

Vielleicht könnte man schon ein paar Vorarbeiten leisten für den Bau der Schule. Dazu war es aber nötig, sich schnell für ein freies Gelände zu entscheiden. Zum Glück waren die behördlichen Formalitäten deutlich geringer als in Deutschland.

Heinrich rief Hr. Yunus an und teilte ihm seinen Plan mit. Er sollte sich schon mal nach einem geeigneten Grundstück für die Schule umschauen, sodass bei Heinrichs Ankunft nur noch kleinere Formalitäten nötig waren, um den Kauf abzuschließen und mit den Bauarbeiten zu beginnen.
Und genau dafür brauchte Heinrich seine Bekannten. Leider war schweres Gerät wie Bagger und Kipplader selten bis gar nicht vorzufinden, sodass für die Errichtung eines Kellers das Graben mit purer Menschenkraft unerlässlich war.
Er wusste, dass einige von den männlichen Bekannten, die sich freiwillig gemeldet hatten, noch nie für mehrere Stunden eine Schaufel in der Hand gehabt hatten, aber es sollte halt jeder in seinen Möglichkeiten helfen. Und manche gerade bürokratische Fertigkeiten waren leider nicht gefragt.
Eine Woche später traf sich dann die bunt gemischte Reisegruppe am Flughafen. Es fühlte sich für Heinrich wie eine Clubtour an, wobei er den Reiseleiter gab. Heinrich hatte allen nahegelegt, nicht übermäßig Kleidung mitzunehmen, denn es würde nicht gut an-

kommen, wenn sie durch ihre feine Kleidung den Neid der Einheimischen provozierten. Dementsprechend kam auch jeder mit nur einem mittelgroßen Koffer aus.

Hr. Yunus hatte Heinrich mittlerweile mitgeteilt, ein dem Anforderungsprofil, welches Heinrich mitgeteilt hatte, entsprechendes Grundstück erworben zu haben. Auch hatte er schon eine gambische Baufirma beauftragt mit dem Bau. Diese hatte auch schon bei Wolfgang, dem Architekten nachgefragt, die Pläne der Schule zuzuschicken, was er dann auch kurzfristig erledigt hatte. Wolfgang war aber eigentlich klar, dass die Firma noch viele Rückfragen haben würde, da in Gambia eigentlich ganz andere Standards galten als in Deutschland und an den deutschen Standards orientierte sich Wolfgangs Modell. Aber das ließe sich wohl in Gambia vor Ort besser zu bereden sein als über Telefon oder Skype.

Der Flieger hob pünktlich vom Hamburger Flughafen ab. Heinrich und seine Mitstreiter hatten Plätze im hinteren Teil des Flugzeugs. Alle waren so gespannt und andauernd fragte jemand anderes Heinrich nach den Umständen vor Ort. Für die Meisten war dies die erste Erfahrung mit dem afrikanischen Kontinent, was eine mittlere Grundnervosität unter den Helfern erzeugte.

Die Landebahn in Banjul war sehr kurz, was sie daran merkten, dass nach dem Aufkommen des Fahrwerks der Pilot fast eine Vollbremsung hinlegen musste, um nicht über die Landebahn hinauszuschießen.

Die Passagiere wurden mit einem Bus am Rollfeld abgeholt. Die Temperaturen waren schon recht hoch, aber alle fanden, dass das nicht unangenehm war. Es war eine sehr trockene Hitze, ganz anders als in Hamburg, wo die Luftfeuchtigkeit äußerst unangenehm war im Sommer.

Heinrich hatte für alle ein Kontingent an Hotelzimmern gebucht. Er hatte auch seine Freunde darauf vorbereitet, dass die Armut in Gambia sehr offensichtlich war. Viele Menschen lebten in nur notdürftigen Blechverschlägen an der Hauptstraße. Wenn der Bus mal hielt, kamen direkt die Kinder angelaufen und hielten ihre Hände auf für ein paar Almosen.

Heinrich hatte seine Bekannten und Freunde darauf vorbereitet und so hatte ein Jeder ein paar Euromünzen dabei, die er oder sie den Kindern geben konnten.

Heinrich erzählte seinen Freunden, dass der Euro als zweites Zahlungsmittel in Gambia akzeptiert ist, da die eigene Währung, der gambische Dahlasi eine hohe Inflationsrate aufwies.

Angekommen am Hotel geleitete Heinrich seine Freunde noch mit zur Rezeption, falls es Unklarheiten gab.

Heinrich belehrte seine Freunde auch, dass sie den Transport der Koffer aufs Zimmer dem Portier überlassen sollten und ihm auch ein paar Euro als Trinkgeld geben sollten.

Als alle ihre Zimmerschlüssel entgegengenommen und ihre Zimmer bezogen hatten, schnaufte Heinrich erstmal tief durch und zündete sich eine Zigarette zur Beruhigung an.

Irgendwie fühlte er sich verantwortlich für das Wohl und Wehe seiner Freunde.

Da es schon spät war, gönnte Heinrich seinen Freunden den freien Abend und verabredete sich mit Ihnen erst zum Frühstück am nächsten Tag.

Das bezogene Hotel war ein dem nationalen Standard entsprechendes Hotel. Heinrich machte seine Freunde darauf aufmerksam, dass bei den Zimmern auf jeglichen Luxus verzichtet wurde, worauf sich auch alle eingestellt hatten.
Beim Frühstück am nächsten Morgen herrschte eine gute Atmosphäre. Heinrich merkte aber seinen Freunden auch eine gewisse gespannte Stimmung an, was er als ganz normal erachtete, da es ja schon ein gewisser Kulturbruch war.
Er konnte Ebrima gewinnen, um mit seinen Freunden in einem gemieteten kleinen Bus eine Stadtrundfahrt zu machen. Er wollte, dass seine Freunde die Informationen aus erster Hand bekamen. Ebrima war sehr neugierig, Heinrichs Freunde kennenzulernen. Da fast alle englisch sprachen, gab es auch kaum Verständigungsprobleme. Ebrima lotste den Busfahrer durch „seine" Stadt. Und er wollte Ihnen kein geschöntes Bild vermitteln, sondern Banjul so zeigen, wie es wirklich war. Der Eindruck der Armut war nochmal schlimmer als am Tag zuvor. An der am Vortag befahrenen Haupt-

straße standen wenige kleine Blechhütten, schon allein des Verkehrs wegen. Aber in den Nebenstraßen stand dann eine Blechhütte neben der anderen. Manche Mütter flehten richtiggehend nach Nahrung für Ihre Kleinen, die schreiend in ihren Armen lagen. Er ließ es Ihnen offen, etwas zu spenden, nur er machte sie darauf aufmerksam, dass dies niemals aufhören würde. Im Gegenteil: Wenn man einem etwas gab, kamen direkt andere auch angelaufen und wollten auch etwas haben. Heinrichs Freunde waren betroffen von der Armut, die sie sahen, aber alles erfüllte sich auch noch mehr mit dem Wunsch, etwas ändern zu wollen. Es sollte etwas sein, das mehr war als ein Almosen. Die Menschen sollten in die Lage versetzt werden, für sich selbst zu sorgen.

Zur Mittagszeit waren sie dann wieder am Hotel. Das Mittagessen, das auf sie wartete, sahen sie plötzlich mit ganz anderen Augen. Es war hier sogar ein wenig ein Luxus, zu essen, was man wollte und davon auch noch reichlich. Viele von Ihnen waren auch noch aus der Kriegsgeneration und kannten daher auch noch Hunger und Not.

Diese Erlebnisse holten sie nun wieder ein, aber diesmal aus der anderen Perspektive.
Am Nachmittag führte Hr. Yunus Heinrichs Freunde zum gekauften Grundstück. Die Maße der Schule bzw. der Außenwände waren schon abgesteckt und entsprachen Wolfgangs Vorgaben.
Da schweres Gerät wie Bagger in Gambia sehr selten war, hatte Hr. Yunus für jeden der potentiellen Helfer eine Schaufel organisiert. Alle wussten, dass Sie damit mindestens 1 – 2 Wochen beschäftigt waren. Der einzige Lichtblick war die Beschaffenheit der Erde. Der Boden war sehr sandig und daher auch sehr leicht zu bewegen. Die Arbeitsteilung sah vor, dass auf jeweils 2 Männer, die ausschachteten, einer kam, der die Erde mit einer Schubkarre aus der Baugrube herausschob. Und die Aufgaben wechselten alle 2 Stunden.
Morgens versammelten sie sich zu früher Stunde, als es noch dämmerte, zum Frühstück und fuhren dann mit dem Shuttlebus zur Baustelle. Mittags brachten dann immer die Frauen das Essen und Warmhaltebehältnisse. Alle

waren sich einig, dass das Essen im Freien viel besser schmeckte, als wenn man im Hotel bedient wurde.

Nach drei Tagen hatten dann viele der Arbeiter Schmerzen. Heinrich hatte sich darauf eingestellt, denn viele waren schon in Rente und hatten ihr ganzes Leben nicht wirklich körperlich gearbeitet.

Heinrich hatte für die dann einen professionellen Masseur engagiert, der an den folgenden Tagen dann jeweils nachmittags für 2 Stunden im Hotel vorbeikam und sich der schmerzenden Rücken und Gelenke annahm.

Durch die gute Arbeit des Masseurs gab es bei den Männern dann höchstens 1-tägige Ruhepausen, sodass der Betrieb auf der Baustelle dann fast ohne Aussetzer weiterlief.

Nach guten zwei Wochen war man dann auf dem Erdniveau angelangt, welches vorgesehen war für die untergeschossigen Fundamente.

Für die Betonarbeiten hatte dann Hr. Yunus eine lokale Baufirma engagiert. Diese brachte ihre drei Mischmaschinen mit und ihre Mitarbeiter leiteten Heinrich und seine Freunde darin an, Beton zu mischen.

In Vergleich zu deutschen Verhältnissen verliefen die Arbeiten an der Bodenplatte sehr langsam. Leider gab es im ganzen Land keine fahrenden Betonmischer, weshalb man sich langsam von einer Ecke zur anderen vorarbeiten musste. Das Gute war, dass die Regenzeit ungefähr seit einem Monat vergangen war. In dieser Zeit hätte man über Tage hinweg nicht arbeiten können wegen der prasselnden Niederschläge.
Nach einer Woche war man dann mit der Bodenplatte fertig. Der gambische Bauleiter hatten dann für alle zwei Tage Zwangspause angesetzt, um den Beton richtig aushärten zu lassen.
Am nächsten Tag versammelte man sich dann wieder zu früher Morgenstunde an der Baugrube. Der Bauleiter legte fest, wer was zu machen hatte. Es war fast wie in den Tagen zuvor, als Heinrichs Freunde den Beton mischten und dorthin brachten, wo er benötigt wurde. In diesem Fall mauerten jeweils 2 Bauarbeiter an jeweils einer Ecke der Bodenplatte. Heinrich war stolz, denn nun sah man wirklich auch Fortschritte und nach weiteren 4 Tagen waren die Kellerwände dann

fertig und man ging zum Einschalen der Kellerdecke über. Die Lieferung von Betonsteinen und Eisenmatten wurde über kleine Transportlaster organisiert. Das Be- und Entladen dieser kleinen Laster musste mit Menschenkraft erledigt werden, da es auch keine Kräne gab.

Alles in allem war die Belieferung der Baustelle wirklich schwierig, da die Zuwegung bisher nur über einen kleinen Feldweg verlief. Der Bürgermeister hatte aber schon veranlasst, dass dieser Feldweg zu einer geteerten Straße ausgebaut werden würde, wenn die Schule fertiggestellt wurde. Ebrima sagte Heinrich, dass man generell dazu übergegangen war, geteerte Wege erst nach Fertigstellung der Gebäude anzulegen. Vielfach war in der Vergangenheit den Bauherren teilweise vor Fertigstellung der Häuser das Geld ausgegangen, wovon viele Bauruinen zeugten.

Die Abläufe an der Baustelle wurden nun zur Routine und wenn man es nicht wusste, konnte man kaum von gambischen und deutschen Arbeitern unterscheiden.

Die Schule sollte insgesamt zweigeschossig werden und im Ganzen 12 Schulräume beheimaten. Es würde dann weit und breit die größte Schule sein und das Gute war, dass die Lehrer aus der Kasse von Heinrichs Hilfsorganisation bezahlt werden sollten, sodass dann die Schüler freien Zutritt zum Unterricht hatten. Heinrich erwartete, dass sich aber mehr Schüler anmelden würden, als die Schule fassen konnte. So wären sie gezwungen, eine Auswahl zu treffen. Heinrich hatte vor, die Eingangsklassen sehr groß zu machen, dann aber mit dem zweiten und dritten Schuljahr die Schülerzahl in den Klassen etwas zurückzufahren. Diesen Rat hatte ihm der Rektor von einer anderen Schule in der Stadt gegeben. Er sagte: „Die Schüler brauchen mit fortschreitendem Alter auch mehr Ruhe und Konzentration als in der ersten Klasse."
Heinrich und Hr. Yunus waren sich einig, dass möglichst schnell ein Rektor gefunden werden sollte, da sie beide von pädagogischen Angelegenheiten nicht mehr als ein Grundwissen hatten.

So schrieben also Heinrich und Hr. Yunus zuerst die Stelle des Schuldirektors aus. Die Lehrer wollte man dann im zweiten Schritt einstellen. Hierbei sollte aber der Rektor ein Wörtchen mitreden, denn die Lehrer müssten ja auch in sein Lernprinzip passen.

Auf die offizielle Ausschreibung des Rektors hatten sich in der Zwischenzeit drei Kandidaten beworben. Die Vorstellungsgespräche sollten im Hotel stattfinden.

Heinrich traf sich mit Hr. Yunus eine Stunde vorher, um ihre Fragen abzustimmen. Heinrich hatte sich am Tisch schon hingesetzt und eine Zigarette angesteckt, als Hr. Yunus gerade zur Tür hereinkam. Heinrich stand auf und winkte ihm freundlich entgegen. Hr. Yunus kam mit raumgreifenden Schritten auf Heinrich zu und beide begrüßten sich mit einer herzlichen Umarmung. Heinrich fand es schön, dass sie beiden sich trotz mancher Uneinigkeiten diese Herzlichkeit bewahrten.

Nachdem Hr. Yunus Heinrich losließ, bekam dieser einen Hustenanfall. Es kam Hr. Yunus vor, als ob Heinrich sich verschluckt hätte. Heinrich selbst spürte aber sofort einen starken Schmerz in der Brust und bekam sehr schlecht Luft. Heinrich verkrampfte derart von Schmerzen, dass Hr. Yunus schnell begriff, dass hinter dem Hustenanfall sich mehr verbarg, als ein Verschlucken. Heinrich winkte Hr. Yunus zu, ärztliche Hilfe zu organisieren. In Hr. Yunus stieg Panik auf und er wusste im ersten Augenblick gar nicht, was er tun sollte. Nach weiteren 5 Sekunden hatte Hr. Yunus sich dann aber so weit gesammelt, dass er durch den Raum nach Hilfe schrie. Der Portier kam aus der Empfangshalle angelaufen und wählte auf Hr. Yunus Aufforderung hin die Notrufnummer. Hr. Yunus legte Heinrich auf den Boden und schob ihm ein Kissen unter den Kopf. Der Portier machte Hr. Yunus klar, dass es verkehrt war, Heinrich hinzulegen, da bei einem vermuteten Herzinfarkt der Körper aufrecht gelagert werden müsste, damit das Herz entlastet wurde.

Hr. Yunus räumte ein, dass sein letzter Erste-Hilfe-Kursus schon zwei Jahrzehnte her war. Nachdem sie Heinrich mit vereinten Kräften wieder auf den

Stuhl gehievt hatten, riss der Portier Heinrich das Hemd an der Knopfleiste auf, damit er ja genügend Luft zum Atmen bekam. Hr. Yunus lief mehrfach zum Hoteleingang, um die Nothelfer zu Heinrich zu lotsen. Nachdem sie auch nach der dritten Kontrolle nicht zu sehen waren, wurde er langsam panisch. Er wusste zwar, dass der Portier ein guter Ersthelfer war, aber Heinrichs Zustand verschlechterte sich merklich. Schlussendlich brach Heinrichs Kreislauf zusammen und ein Puls war nicht mehr festzustellen. Dementsprechend schrie der Portier Hr. Yunus an, Heinrich doch nochmals auf den Boden zu platzieren, um eine Wiederbelebung durch Herzmassage zu starten. Der Portier drückte mit aller Kraft in rhythmischen Bewegungen auf Heinrichs Brust und der Portier bewegte Hr. Yunus dazu, den Puls zu messen.

Hr. Yunus konnte aber leider noch keinen Puls feststellen und rief mit entsetzter Stimme: „Negativ!!! Kein Puls." Der Portier gab nicht auf und drückte weiter mit aller Kraft auf Heinrichs Brustkorb. Just in dem Moment kamen zwei Rettungssanitä-

ter durch die Türe. Sie kam angerannt mit einem Arztkoffer und einem Defibrillator. Hr. Yunus sprang sofort zur Seite und der Portier übergab Heinrich an den ersten Rettungssanitäter, während der Zweite den Defibrillator einsatzbereit machte.
Der zweite Rettungssanitäter gab dem Ersten ein Zeichen, als der Defi aufgeladen und einsatzbereit war. Der erste Sanitäter machte Platz und der Zweite platzierte die Elektroden des Defis auf Heinrichs mittlerweile freigelegten Brustkorb. Da kam der erste Stromschlag, wobei Heinrichs Brustkorb nach oben schnellte. Der Zweite maß nun den Puls, konnte aber immer noch keinen Herzschlag feststellen.
Er schrie in Richtung seines Kollegen: „Weiterhin kein Puls!! Weitermachen!". Der Erste ließ die Elektroden des Defis sich wieder vollständig aufladen, platzierte sie dann links und rechts vom Herzen und sorgte so für ein weiteres Hochschnellen des Brustkorbs. Der Kollege maß Puls und schüttelte wiederum den Kopf:
„Nichts"! schrie er verzweifelt. Der erste Sanitäter verlor merklich seinen zuerst empfundenen Optimismus.

Wieder ließ er die Elektroden laden, diesmal auf maximal empfohlene 55 Ampere. Alle schauten verzweifelt auf Heinrichs Gesicht, aber es zeigte keinerlei Regung. Dann schoss der nächste Stromschlag durch Heinrichs Körper. Der zweite Sanitäter suchte nun Heinrichs Halsschlagader, mit der Hoffnung, dass sich da etwas tat. Er machte ein verzweifeltes Gesicht, denn er wusste, dass dieser letzte Stromschlag die letzte Chance war, Heinrich wieder ins Leben zurückzuholen.

Hr. Yunus war mittlerweile aschfahl geworden im Gesicht und er spürte Übelkeit sich aus dem Magen seinen Weg nach oben zu bahnen. Er hielt sich krampfhaft den Mund zu und rannte zur Eingangstür. Just als er die Tür öffnete, kam das Erbrochene in hohem Bogen aus seinem Mund und landete an der Tür.

Die beiden Sanitäter waren körperlich so erschöpft, dass sie sich zuerst auf die Stühle vor Heinrich niederfallen ließen. Die umstehenden Leute hielten sich vor Schrecken die Hände vor den Mund und rissen die Augen panisch auf.

Der eine Sanitäter kniete sich nun nochmal zu Heinrich runter und wischte ihm mit Daumen und Zeigefinger die Augenlider vor die Augen.
Die Nachricht über Heinrichs plötzlichen Tod hatte sich rasend schnell verbreitet in Banjul. Jeder dort kannte Heinrich mittlerweile, denn er stand dafür, dass es wieder Hoffnung gab in dem Ort. Seine Freunde saßen am Abend zusammen und beratschlagten über die anstehenden Entscheidungen. Jeder wusste, dass Heinrich keine Kinder bzw. sonstige Verwandte hatte und er auch keine Vorsorge für diesen unglaublich tragischen Fall getroffen hatte. So lag jetzt die Verantwortung für die Organisation der Beerdigung bei Ihnen.
Sie waren sich alle einig, dass die Trauerfeier in Gambia stattfinden sollte, denn Heinrichs Herz, welches nun nicht mehr schlug, hatte vorher ganz und gar für Banjul geschlagen.
In Banjul war es üblich, die Toten sehr rasch zu bestatten, da durch die hohen Temperaturen sich sonst eine rasche Verwesung einstellen würde.
Die Beerdigung fand in der kleinen Moschee am Stadtrand statt. Für alle

spielte es keinerlei Rolle, welche Religion die Menschen hatten, die ihm die letzte Ehre erwiesen. Christen wie Moslems waren im Empfinden nach Heinrichs Tod vereint. Dieses Band war das einzig schöne an diesem Augenblick.

Heinrichs Freunde hatten den Sarg in das ausgehobene Erdloch gleiten lassen. Ein nicht enden wollender Bandwurm an Menschen schlenderte an Heinrichs Grab vorüber und die mitgebrachten Blumen türmten sich fast mannshoch aus dem Grab.

Der Schulbau hatte in dieser Zeit gestockt. Heinrichs Freunde mussten sich erstmal von dem Schicksalsschlag erholen, der ihnen noch in den Knien steckte.

Dementsprechend langsam nahmen alle nach und nach eher gemächlich die Arbeit wieder auf, ohne die Visionen, die Heinrich ihnen vermittelt hatte. Sie waren sich aber einig, dass sie die Arbeiten für Heinrich fortsetzen mussten. Auch beim Namen für die künftige Schule gab es nach Heinrichs Tod keine Zweifel, sie sollte nach ihm benannt werden und so für Heinrichs unbändiges Engagement stehen.

20 Jahre später….

Ebrima saß an seinem Schreibtisch in Banjul Medical Center, in dem Krankhaus, was ebenfalls von Heinrichs Hilfsorganisation gebaut worden war. Ebrima hatte sich mit dem medizinischen Studium und seiner Arbeit hier am Hospital einen Herzenswunsch erfüllt. Das Krankenhaus nahm nämlich vorrangig Leute auf, die sich ein anderes öffentliches Krankenhaus nicht leisten konnten. Er nahm Heinrichs Bild, welches mit einem schwarzen Band versehen war, in die Hand. Heinrich war in seinem Herzen lebendig geblieben und er fühlte sich berufen, sein Andenken in Ehren zu halten.

Herstellung und Verlag:
BoD – Books on Demand, Norderstedt
ISBN: 978-3-7431-6568-7